여자이야기

허진석

여자이야기

스승께서 쓰신 책 중에 『여자 그 안개의 마성』이 있다. 나는 대학에 막 들어갔을 때 이 책을 발견했다. 현대문학 연구자이자 비평가로서 문학사에 길이 남을 명저를 여럿 남긴 스승의 에세이집이었다. 책은 스승의 서가에서 특별한 빛을 냈다. 클림트의 그림(Der Kuss)으로 꾸민 표지는 생경하면서도 매혹적이었다. 어린 제자의 존경심이 책에 대한 숭배로 이어졌는지도 모르겠다. 나는 막연하게 '나도 언젠가 이런 책을 쓰고 싶다'는 생각을 했다.

『여자이야기』는 주제나 목적에 집착한 책이 아니다. 그냥 '여자이야기'다. 다만 길고 유장한 이야기, 호메로스가 에게 해의 잔잔한 파도 위에 부스러지는 달빛을 배경으로 헥토르와 안드로마케의 마지막 상봉을 노래하던 때의, 그의 시간 어느 마디를 들여다보고 있다. 이를테면 라르고 조(調)의, 시간과 공간을 초월할 수밖에 없을 보이저의 여행과도 같은 역사와 상상과 성찰의 구간을 유영하고 싶었다. 밤바다 위에 떠오른 향유고래가 길게 내뿜는 날숨. 청중은 눈물을 흘렸을 것이다.

메데이아와 클리타임네스트라와 안티고네 같은 이름은 그리스 고전과 신화의 세계에 박제된 석고 덩어리가 아니다. 그 이름만으로도 생명을 내재하고 우리 의식 속에서 약동하는 강력한 현실이다. 당신이 금요일 밤 폭음한 대가를 치르는 어중간한 토요일 오전에 차가운 생수를 꺼내며 냉장고의 문을 던지듯이 닫는 순간, 저 유명한 판도라의 상자도 뚜껑을 굳게 닫아버렸을지 모른다. 박제된 이데아의 세계는 그런 곳이다. 당신이 보지 못한 냉장고 속의 그 무엇을 난들 어떻게 알겠는가만.

서동욱은 질 들뢰즈를 논한 글에서 "번개는 어떻게 생기는가? 바로 빛과 어둠 사이의 '차이'에서 생긴다."고 전제한 다음 이렇게 풀어간다. "차이의 세계에서는 차이 나는 것들이 부정되지 않고, 계속 그 자체로 반복되면서 사물들을 생산한다. 차이는 반복에 거주한다. 반복은 무엇보다도 시간적 개념, 즉 '되풀이 되는 시간'이며, 주어진 상태들의 긍정을 조건으로 한다. …중략… 과거 시간에 뒤늦게(사후적으로) 의미를 부여해 주고 그것을 소중하게 만들어 주는 것이 바로 반복인 것이다."

확신하건대 우리는 재현을 살고 있다. 독자와 내가 만나는 이 시간은 만년의 호메로스가 가래 낀 기관지를 식식거리며 읊어나가던 오르페우스와 에우리디케의 상봉, 절망적인 작별의 예고 앞에서 전율하던 그 저녁 날의 반복이자 새 버전이다. 이 반복은 주체이자 객체이며 사실은 우리 자신이다. 안티고네라는 이름의 아곤은 21세기 지구별의 일이다. 되풀이이기 이전에 참혹한 현실로서 우리에게 말하고 있지 않은가. "난 산 채로 무덤에 들어가지만 당신은 죽은 채로 이 땅에 살겠죠." 안티고네, 그녀의 선고.

『여자이야기』에는 상징이나 암시가 없다. 생각과 이야기의 틀을 그대로 가져다가 눌러 찍었다. 나는 장님도 이야기꾼도 아니며 뚜쟁이는 더더욱 아니다. 당신 앞에 무언가 내놓고 흔들지 않는다. 컵 속의 주사위를 이리저리 옮기지 않는다. 주사위는 당신이 본 자리에 그대로 있다. 다만 당신의 두개골이 거대한 컵이 되어 주사위를 이리저리 옮겨 담고 있을 뿐이다. 불행하게도 대개는 잔혹한 결론에 도달하여 분노하거나 비통해 할 따름이다. 나는 당신과 나란히 앉아 내 몫의 좌판을 내려다보고 있다.

　나는 여자이야기를 지금 쓴 만큼 세 번은 더 써야 한다. 그 일을 모두 마치면, 『여자이야기』는 두께가 네 배는 될 것이다. '지금은 거울에 비추어보듯이 희미하게 보지만 그 때에 가서는 얼굴을 맞대고' 보는 듯 선명할지 모르겠다. 그러므로 이 글은 머리말이 아니다. 딱 보기에도 책과는 무관해 보이지 않는가? 이 글은 시작이며 『여자이야기』의 일부다. 독자는 결국 모든 것을 알게 되겠지만 그렇다고 크게 달라지지는 않는다. 그만 들여다보고 일어나라. 갈 때가 되었다.

　　　　　　　　　　2022년 봄날의 성내천, 물소리에 귀를 적시며
　　　　　　　　　　　　　　　　　　　　　　　　　허진석

차례

여자이야기

운명의 지도

임마누엘 칸트는 손을 '눈에 보이는 뇌의 일부'라고 했다. 여러 논문과 칼럼에서 칸트의 정의를 인용하고 있다. 외국어 논문이나 칼럼을 검색해도 쉽게 발견된다. 대개 'Kant called the hand the human outer brain.(마거릿 케인)'이라거나 'It is reputed that Kant once said "The hand is the window to the mind."(수전 스튜어트)'라는 식으로 서술했다. 야콥 브로노브스키는 칸트만큼이나 매혹적인 아포리즘을 남겼다. "손은 마음의 칼이다(hand is the cutting edge of the mind)." 이건 『브리꼴레르 : 세상을 지배할 '지식인'의 새 이름』(유영만)에서 인용했다. 아무튼 손은 예사로운 신체기관이 아니다. "사람을 알려거든 그 사람의 손을 보라."는 말도 있지 않은가.

어떤 사람들은 손을 '운명의 지도'라고 생각한다. 사람은 저마다 지도를 쥔 채 태어난다. 손금. 손금이 점성술의 수준에 가 닿으면 수상술(手相術)이다. 16세기 사람 파라셀수스는 손이 소우주인 인간을 상징한다고 보았다. 수상술은 자연을 인격화해 해석하는 기술이다. 손은 접촉과 교섭의 수단이다. 손은 살아 있는 몸이며 조직화된 유기체, 즉 범 감각적인 것이다. 우리의 삶은 여러 감각기관들의 작용에 의하는데 그 중 손에 의한 육체적 접촉은 교섭의 가장 근원적인 형태이다(데즈먼드 모리스). 손은 우리 의식의 최전선이다. 사람이 손을 흔들면 이별이거나 반가움이거나 알아봄이거나 알림이다. 애매하다. 그래서 해석이 필요하다. 맥락과 현상을 읽어야 한다. 지도를 갖고 걸어도 우리 삶의 행로는 언제나 어지럽다. 분명한 것은 손이 곧 나 자신의 일부이며 때로는 온전히 나를 드러내거나 설명한다는 사실이다. 나를 인류의 차원으로 확대해도 이 사실에는 변함이 없다.

스페인 북쪽의 항구도시 산탄데르에서 서쪽으로 30㎞ 떨어진 곳에 알타미라 동굴이 있다. 동굴을 발견한 사람은 모데스토 쿠비야스. 기와와 벽돌 제조업자였다. 그는 1868년 사냥감을 쫓다 길을 잘못 들어 바위 틈에 갇힌 애견을 구하다가 동굴 입구를 찾아냈다. 이 지역은 석회암 대지에 발달한 침식 지형이다. 동굴이 수천 개나 있었기에 새 동굴의 발견은 뉴스가 되지 못했다. 알타미라 동굴이 인류의 문화사를 바꾼 이정표가 된 것은 산탄데르의 귀족 마르셀리노 사우투올라가 1875년 이곳을 찾은 뒤의 일이다. 사우투올라는 동물의 뼈와 석기를 발견했다. 1879년 여름에는 어린 딸 마리아와 함께 다시 방문했다. 이때 마리아가 동굴 천장에서 들소 그림을 찾아냈다.

사우투올라는 1880년 『산탄데르 지역에서 발견된 선사시대 유물에 대한 소론』을 출간했다. 동굴벽화에서 멸종된 들소를 확인한 그는 구석기인들의 예술 감각을 찬양했다. 그는 또 파리만국박람회에서 본 유물들과 알타미라 동굴의 유물이 흡사한 점을 근거로 동굴벽화도 구석기 시대에 속한다고 결론지었다. 그러나 유럽의 학계는 사우투올라의 주장을 수용하지 않았다. 특히 프랑스 학자들은 사우투올라의 연구를 사기라고 결론지었다. 사우투올라의 발견은 그가 죽은 지 14년이 지난 다음에야 빛을 본다.

1895년, 알타미라 동굴벽화와 유사한 그림이 프랑스 곳곳에서 발견되었다. 프랑스 학자들은 알타미라 벽화를 검토하지 않을 수 없었다. 미술학자 에밀 카르타야크는 1902년에 『알타미라 동굴, 의심하는 자의 고해(告解)』를 출간한다. 그는 책의 서문에 "20년 전 저지른 불의를 정의로 되돌리고 싶다."고 썼다. 제대로 연구하지 않고 사우투올라의 주장을 무시했음을 자책했다. 그는 같은 해에 알타미라를 찾아가 사우투올라의 딸을 만났다. 그가 탄소연대측정법을 활용해 측정한 알타미라 동굴벽화의 제작 시기는 1만1000~1만9000년 전으로 추정되었다.

『문학과 예술의 사회사』를 쓴 아놀드 하우저는 원시인의 그림이 도달한 예술적 성취를 놀랍게 바라본다. "근대예술이 한 세기에 걸친 투쟁 끝에 겨우 달성한 시각적 인식의 통일성을 그 옛날 구석기 시대 회화가 실현해 놓았다." 그는 묻는다. "이런 예술은 어떤 동기에서 무슨 목적으로 생겨났는가?" 학자들의 주장은 다양하다. 예술 그 자체를 즐기는 유희본능, 장식욕구의 산물이거나 후손에게 생존 기술을 전하려는 기록 또는 제사와 같은 주술행위. 하우저는 원시인들의 그림이 '실용적이고 경제적인 목표와 직결된 기능'을 가졌다고 보았다. "구석기시대의 사냥꾼 예술가는 그 그림을 통해 실물 자체를 소유한다고 믿었고 그림을 그림으로써 그려진 사물을 지배하는 힘을 얻는다고 믿었던 것이다."

궁금하다. 그곳은 왜 동굴이어야 했을까. 동굴은 어둠이며 어둠은 인간의 한계, 무지, 공포, 어두운 심성을 상징한다. 정신분석학에서는 무의식을 의미한다.(반정환·박창우) 동굴은 원시인류의 구체적인 공포였을지도 모른다. 거대한 사냥동물들은 사냥감의 목을 물어 숨통을 끊고 동굴로 끌고 가 뜯어먹었을 것이다. 동굴 바닥에 쌓인 인간의 뼈는 벽화만큼이나 많다. 그 공포의 공간에서 인간은 무엇을 대면했을까. 왜 그토록 다양한 변주로써 그들의 문화를 확대하는가. 플라톤의 동굴 신화(The Myth of the Cave), 쑥과 마늘과 곰과 호랑이, 에우리디케를 집어삼킨 하데스의 제국. 미노타우로스의 미로, 카타콤, 데린쿠유는 동굴의 변주이다. 아이들은 왜 모래장난을 할 때 작은 동굴을 짓는가.

알타미라 동굴의 벽에 원시인이 그린 그림은 내가 짐작하기 어려운 시간의 저편에서 보내는 메시지다. 그 강렬한 자극 앞에서 먼 곳에의 그리움(Fernweh)을 직감한다. 동굴 속에는 구석기 동물들의 생생한 이미지와 더불어 사람의 손바닥이 흩어져 있다. 일부러 남긴 작품이 틀림없다. 동굴의 어둠 속에 빛나는 원시인 예술가의 손바닥은 나의 가슴에 인장을 남긴다. 『인간역사』를 쓴 야콥 브로노브스키는 알타미라 동굴의 손자국에서 원시시대 화가의 목소리를 듣는다.

　　　　　　　　　　　　　　　　　　　　　　　여자이야기

"이것은 나의 표지이다. 나는 인간이다!"

내가 하려는 이야기는 이런 것들이다. 동굴의 어둠 속에서 역사의 손금, 운명의 지도를 찾아보려는.

세상의 근원

동굴이 나오는 꿈을 꾼 적이 있는가? 꿈에 등장한 동굴을 우리는 상징으로 받아들인다. 칼 융은 상징을 "잘 알려져 있지는 않지만 존재하는 것으로, 알려져 있거나 존재하는 것으로 상정되는 사실들을 가능한 최선의 방법으로 표현하는 것"이라고 규정했다. 융은 우리가 원형에서 느낄수 있는 누미노제(신성한 힘)를 상징을 통해서도 느낄 수 있다고 설명했다. 상징 속에는 이미지뿐 아니라 에너지도 담겨 있다.(송태현) 상징에 에너지가 담겨 있기에 상징은 강력한 힘으로써 인간을 사로잡으며, 상징을 상징으로 인식하는 사람들을 변화시키기 때문이다.(김성민) 동굴은 빛이차단된 공간이기에 '동굴=어둠'이다. 어둠은 인간의 한계, 무지, 공포, 어두운 심성을 상징한다.(한기연) 주인공이 분리에서 통합에 이르는 과정에지나야 할 공간이기도 하다. 동굴을 통과하며 고난을 겪는 일은 미르세아 엘리아드가 말한 '통과의례'라고 할 수 있다.(소재영)

1300년 봄, 단테 알리기에리의 나이 서른다섯이다. (그렇다. 피렌체의 베키오 다리에서 여덟 살 난 소녀 베아트리체를 보고 첫눈에 반했다는 아홉 살 소년이 이렇게 장성했다.) 단테는 어두운 숲속에서 길을 잃고 헤매다 햇살이 비치는 언덕으로 올라가려 한다. 표범과 사자와 늑대가 길을 가로막는다. 그때 시인 베르길리우스가 나타나 언덕 위로 올라가기 위해서는 다른 길, 즉 저승세계를 거쳐 가야 한다고 말한다. 그리하여 단테는 베르길리우스의 안내를 받아 저승 여행을 떠난다. 『신곡(神曲)』의 시작이다. 베르길리우스가 누구인가. 푸블리우스 베르길리우스 마로. 기원전 70년 만토바에서 태어난 로마의 시성이요, 서사시 「아이네이스」의 저자이다. 전 유럽의 시성(詩聖)으로 추앙받았으니 단테가 저승의 안내자로 택할 만하다.

단테는 아홉 구렁에 이르는 지옥여행 끝에 지옥의 가장 밑바닥 '주데카'에서 은혜를 배신한 영혼들이 루키페르(루시퍼)에게 끔찍한 벌을 받는 모습을 본다. 두 시인은 루키페르의 몸에 매달려 지구의 중심을 지나고, 좁은 동굴을 통해 남반구를 향해 기어오른다. 마침내 동굴 입구에 이르러 하늘의 별들을 보는 것이다. 여행의 종말에 이르러 동굴이라는 제의가 단테를 기다리고 있음을 주목하지 않을 수 없다. 긴긴 동굴을 통과하는 여행을 마친 단테는 전혀 다른 사람이 되어 있다. 여행을 시작할 때의 단테가 아니다. 동굴은 영혼의 인큐베이터로서 단테를 근본적으로 바꾸어 놓는다. 동굴의 양면성, 어둠과 빛이 공존하되 어둠으로써 빛을 분만하는 섭리.

1881년 질스마리아의 질바플라너 호숫가 숲속을 거닐던 프리드리히 니체에게 '비둘기처럼 조용하게' 사유의 별빛이 비추었다. 예수가 요르단 강에서 세례를 받을 때 하늘에서 내려온 성령과 같이. 니체가 차라투스트라의 입을 빌려 펼쳐낸 사유가 『차라투스트라는 이렇게 말했다』에 오롯이 고였다. 동굴에서 10년 수련을 마치고 나온 차라투스트라는 '신(神)의 죽음'을 선언한다. 신의 죽음이란 인간의 죽음을 뜻하지는 않는가? 인간은 신의 복제품이니까. 신은 자신의 모습을 본떠 진흙을 빚은 뒤 숨을 불어넣었다. 인간의 일생은 신의 한 호흡이다. 인간은 신처럼 호흡하며 신의 얼로써 살아간다. 인간만이 허리를 펴고 고개를 들어 하늘의 뭇별을 본다. 영원을 우러러 존재의 근원을 묻는 것이다. 신은 인간의 몸 어딘가에 바코드를 새겼을 것이다.

1793년 7월 13일, 장 폴 마라가 죽었다. 스물다섯 살 먹은 여성 샤를로트 코르도네가 조리할 때 쓰는 칼로 가슴을 찔렀다. 마라는 왜 죽었나. 그는 원래 의사인데 1789년 7월 혁명이 일어나자 조르주 당통, 막시밀리앙 로베스피에르와 혁명의 중심에 섰다. 자코뱅 당의 공포정치는 적을 양산했다. 중산층의 지지 속에 온건정책을 주장한 지롱드 당이 보기에 마라는 위험한 인물이었다. 코르도네는 지롱드 당에 대한 정보가 있다며 마라에게 접근했다. 화가 다비드가 이 사건을 그렸다. 「마라의 죽음」. 마라는 식초에 적신 수건을 머리에 두른 채 숨을 거두었다. 그는 피부병을 앓았다. 늘 욕조에 앉아 일했다. 코르도네를 맞은 곳도 욕실이다. 욕조에 괸 물은 핏빛이다. 바닥에 피 묻은 칼이 나뒹군다. 미술가들은 이 그림에서 순교자, 십자가에서 막 내려진 예수를 본다. 미술평론가 유경희는 매혹적인 질문을 한다.

여자이야기

자크 루이 다비드, 「마라의 죽음」

"또 하나의 암시! 그 (가슴의) 상처는 어쩌면 순교한 남성의 육체에 각인된 여성의 성기를 의미하는 것은 아닐까? 성적으로 매혹된 순교자의 모습으로 말이다."

예수가 십자가에서 죽어 무덤에 들었다 살아 돌아와 제자들을 본다. 예수 시대의 무덤은 동굴이다. 그가 죽음에서 구해낸 라자로도 동굴 속에 갇혔다가 예수가 부르자 제 발로 걸어 나왔다. 예수가 제자들을 찾아갔을 때 토마스는 그 자리에 없었다. 그가 말한다. "거짓말 마라. 내가 선생님의 옆구리와 손발에 난 구멍에 손을 넣어보기 전에는 믿지 못하겠다." 예수가 여드레 뒤에 다시 나타나 말한다. "나다. 손을 넣어 보아라." 예수, 아니 예수의 옆구리가 토마스에게 물었다. 로마 병사의 창에 찔려 피와 물을 쏟아낸 옆구리가 토마스에게 물었다. 믿느냐, 믿지 않느냐. 예수는 진리를 낳는 자이니 옆구리의 상처는 기독교도에게 '세상의 근원'이다. 유경희가 던진 매혹적인 질문, '남성의 육체에 각인된 여성의 성기' 또는 그 반대.

귀스타프 쿠르베는 19세기 사실주의 미술의 거장이다. 그가 그린 그림 중에 「세상의 근원」이 있다. 여성의 성기를 세밀하게 그렸다. 프랑스 파리의 오르세 미술관에 걸렸다. 생명은 들어갔던 곳에서 나와야 생명으로서 기능한다. 들어간 구멍과 나온 구멍이 다른 존재는 똥이다. 신은 세상을 만들 때 일관된 원칙을 적용했다. 난생(卵生)이든 난태생(卵胎生)이든 태생이든 '한 구멍 원칙'에는 예외가 없다. 동굴이 어머니의 자궁을 상징한다면, 인간의 최후는 자궁으로의 회귀라는, 상징적 제의로 갈음된다. 깊이 파 내린 무덤도, 승화원의 화구(火口)도 동굴의 다른 이름일 뿐이다. 과거로의 회귀는 죽음과 종말을 닮았음을 우리는 안다. 그 끝은 영겁이거나 미지이다. 그러니 과거로의 회귀는 또한 종말을 향한 여행이다. 어느 길을 가든 우리는 영원을 향한 문, 그 앞에서 한 여인을 만난다.

철도공사장의 비너스

빌렌도르프는 오스트리아에 있다. 도나우 강 서쪽, 큰 지도로 보면 동쪽 도시 빈과 서쪽의 린츠 사이다. 빈에서 직선거리로 70㎞쯤 된다. 작은 도시다. 주민은 2021년 1월 현재 153명. 강 건너 남쪽으로 15㎞남짓 떨어진 곳에 멜크수도원이 있다. 움베르토 에코가 쓴 소설 『장미의 이름』의 배경이 되었다는 곳이다. 1908년, 빌렌도르프에서는 쇠망치 소리가 요란했다. 장크트 팔렌틴에서 출발해 크렘스에 이르는 도나우 강변철도 건설 공사가 한창이었다. 이 해 8월 7일에 고고학자 요제프 촘바티가 공사 현장에서 작은 돌멩이 하나를 발견했다. 여성을 표현한 조각물이었다. 키가 11.1㎝밖에 되지 않았다. 재료는 빌렌도르프 지역에서 나지 않는 석회암이었다. 거기 붉은색 점토질 물감을 칠했다. 과학자들은 82년 뒤인 1990년 조각물이 발견된 지점 주변 유적의 층위를 조사해 분석했다. 그 결과 조각물은 2만2000년에서 2만4000년 전에 만들어졌을 것으로 추정됐다.

조각물은 독특했다. 커다란 유방을 늘어뜨리고, 배는 불룩 나와 있고, 허리는 매우 굵었다. 지방이 풍부한 엉덩이는 매우 잘 발달해 있고(파울 프리샤우어) 성기가 강조되어 있었다. 가느다란 팔은 가슴 위에 올렸고, 머리는 땋은 머리나 둥근 테, 아니면 모자 비슷한 것으로 둘러쌌다. 얼굴에는 전혀 관심이 없었는지 눈이나 코의 흔적조차 그리지 않았다. 학자들은 조각물이 여성의 몸을 크게 왜곡·과장한 데 주목했다. 이 왜곡과 과장은 생식과 관련이 있다고 보았다. 따라서 조각물은 사실적인 인체의 모습을 표현한 작품이 아니라 출산을 상징하는 원시적인 주술의 도구, 혹은 숭배의 대상이라는 데 의견이 모였다. 대체로 생식과 출산, 다산의 상징으로 주술적 숭배의 대상이 되었던 것으로 판단한다. (김태수)

다른 의견도 있다. 조각물이 같은 시대를 살아간 사람들이 생각한 이상적인 여성을 상징한다고 보기도 한다. 수렵과 채집이 삶의 수단이던 시기에 비대한 몸은 높은 신분을 대변한다. 그래서 뚱뚱한 몸을 표현한 조각물이 성공과 행운, 안녕을 뜻했다고 본다. 조각물을 똑바로 세울 수 없으므로 지니고 다니는 마스코트나 부적과 같았을지도 모른다. 다산을 위한 부적으로서 여성의 질에 삽입했을 가능성도 있다고 한다. 철도 공사 현장에서 나온 이 별난 조각물은 '빌렌도르프의 비너스(Venus von Willendorf)'라는 이름을 얻었다. 왜 비너스일까? 우리는 비너스가 그리스 신 아프로디테의 로마 버전으로 아름다움과 사랑을 상징한다고 믿고 있는데. 선사시대의 남성들은 빌렌도르프의 비너스와 같은 체형의 소유자를 '매력적이다', '섹시하다'고 생각했을까? 섹시하다는 말은 사실 지나칠 정도로 노골적이다. 특히 남성들이 그 말을 사용할 때, 원초적 욕망이 넘실대는 것 같다. 소설가 박성원은 2015년 『현대문학』 9월호에 실린 대담에서 김승옥의 「다산성」을 예로 들며 말한다.

"순진한 숙이 씨 앞에서는, '숙이 씨, 니체를 아십니까?' 이렇게 말하지만 속으로는 계속 그 속생각이 나오는데, (중략) '저년을 당장이라도 풀밭으로 끌고 가 덮치고 싶다.' '저년 턱주가리가 키스를 잘하게 생겼다.' 이런 식으로 나와요."

의문을 다독이며 『종교학 대사전』의 페이지를 연다. 로마의 여신 베누스(영어로 비너스)가 그리스 여신 아프로디테와 동일시되었다는 사실은 엄청난 신분상승의 결과라고 보아야 마땅하다. 아프로디테의 탄생 설화는 두 가지다. 『신통기』의 저자 헤시오도스는 하늘의 신 우라노스의 거세된 생식기가 바다거품과 어우러져 태어났다고 했다. 음유시인 호메로스는 올림포스의 지배자 제우스와 바다의 정령 디오네 사이에서 태어났다고 주장했다. 아프로디테의 혈통이 이토록 고귀한 데 비해 베누스는 원래 로마의 채소밭을 지키는 작은 여신이었다. 고대 도시 로마의 채소밭… 그러니까 비너스의 원형과 비너스에 얽힌 신화가 태고의 지모신(地母神) 숭배에 기원을 둔다는 설명이 머릿속에 들어온다.

"식물을 낳는 대지를 지모신으로 보는 사상은 고대 세계 각지에 보인다. 한편 그런 사상을 미술적으로 표현한 지모신상으로서 유명한 것에는 구석기 시대로 거슬러 올라가는 '빌렌도르프의 비너스'나 '레스퓨그의 비너스'가 있으며, 그 외에도 동종의 것이 무수하게 출토되고 있다. 그들의 대부분은 큰 유방, 굵은 허리로서 모성이 강조되며, 가끔 양식화된 성기가 나타나 있는데 이런 나체여인상은 메소포타미아, 소아시아, 인도에서 매우 많이 출토되고, 그 분포는 유라시아 대륙의 대부분에 걸친다고 한다." (종교학대사전)

지모신 숭배의 영향은 우리 신화와 설화 속에서도 무수히 발견된다. 주로 동굴과 대지를 배경으로 등장한다. 한민족의 이브라고 해야 할 웅녀는 동굴 속에서 마늘과 쑥의 시험을 이겨냈다. 제주도의 삼성혈 신화도 인간이 땅에서 태어났다는 맥락으로 이해할 수 있다. 이는 인간도 자연의 일부로서 강물이나 산, 바위, 나무와 다름없이 땅에 속하는 존재라는 사고에 기초한다. 땅은 어머니처럼 사랑을 베푸는 신이다. 그런데 이 땅의 사람들에게 어머니는 거대하다기보다는 애틋하고, 가슴 깊은 곳에서 슬픔과 눈물을 솟아나게 만드는 존재다. 우리의 역사, 곧 생활의 기억에 각인된 어머니의 본질이 그러하다. 역사는 경험이며, 경험은 유전자에 새겨져 길이 전한다. 다시 말하거니와 과거로의 회귀는 죽음과 종말을 닮았다. 그 끝은 영겁이거나 미지이다. 그러니 과거로의 회귀는 또한 종말을 향한 여행이다. 어느 길을 가든 우리는 영원을 향한 문, 그 앞에서 한 여인을 만난다.

하늘나라에 가 계시는
엄마가
하루 휴가를 얻어 오신다면

아니 아니 아니 아니
반나절 반시간도 안 된다면
단 5분
그래, 5분만 온대도 나는
원이 없겠다

얼른 엄마 품속에 들어가
엄마와 눈맞춤을 하고
젖가슴을 만지고
그리고 한 번만이라도
엄마!
하고 소리내어 불러보고
숨겨놓은 세상사 중
딱 한 가지 억울했던 그 일을 일러바치고
엉엉 울겠다

-정채봉, 「엄마가 휴가를 나온다면」

스무 살 어머니

정채봉이 쓴 「엄마가 휴가를 나온다면」은 2000년에 나온 시집 『너를 생각하는 것이 나의 일생이었지』에 실렸다. 제목이 같은 시도 있다. '모래알 하나를 보고도/너를 생각했지/풀잎 하나를 보고도/너를 생각했지 … 너를 생각하는 것이/나의 일생이었지'. '너'를 어머니로 고쳐 읽고 싶다. 정채봉은 평생 어머니를 노래했다. 글 곳곳에 어머니가 있다. 제목과 본문에 '어머니'가 들어간 글 천지다. 그의 글 모두를 어머니에게 바쳤을지 모른다. 「스무 살 어머니」라는, 같은 제목으로 쓴 에세이도 두 편 있다.

　"우리 어머니가 하늘의 별로 돌아가신 나이가 바로 저 스무 살이었던 것이다. 열일곱에 시집와서 열여덟에 나를 낳고 꽃다운 스무 살에 이 세상살이를 마치신 우리 어머니. 그렇기 때문에 나는 어머니의 얼굴을 모른다. 그러나 어머니 얼굴은 기억하지 못해도 어머니의 내음은 때때로 떠오르곤 한다. 바닷바람에 묻어오는 해송 타는 내음. 고향의 그 내음이 어머니의 모습 아련히 보이게 한 날을 기억한다."(「스무 살 어머

니」중)

　정채봉의 고향은 전남 여수와 순천의 중간쯤에 있는 승주군 해룡면 신성리다. 그가 세 살이 되던 해, 어머니가 여동생을 낳고 얼마 안 있어 세상을 떠나고 말았다. 어린 남매를 남기고 스무 살 어머니는 차마 하늘로 갈 수 없었던지, 비바람 속에서 며칠이나 심하게 울었다고 한다. 그래서 한동안 무덤 주위를 지나다닐 수도 없었노라고, 훗날 어머니 묘를 이장할 때 묘지기가 그에게 말해주었다. (선안나) 그러니 어머니는 정채봉에게 사무치는 이름이었으리라.

　정채봉은 세상 곳곳에서 어머니를 찾아낸다. 그의 작품에서 보이는 어머니의 전형은 관세음보살(관음보살)이다. 모성과 관음사상의 합일이다. 불교에서 보살이란 원력을 세우고 수행할 뿐만 아니라 남을 위해 봉사하기 때문에 남녀의 구별이 필요 없다. 초기에는 한결같이 남성으로 표현되었으나 후대에 여신 숭배사상이 불교에 유입되면서부터 점차 여성화된 듯하다. 고대의 관음보살상은 남성적이고 이지적이며 용맹한 모습이었지만 후대에는 여성적이고 모성적인 상호(相好)가 많다. (미디어붓다)

　정채봉은 천주교인이었고 세례명은 프란치스코였다. 그러나 세포 깊숙이 어린 시절 훈습한 불교의 향내가 뱄다. 어머니 대신 정채봉을 기른 할머니는 손자를 데리고 집에서 가까운 선암사에 자주 갔다. 운명인 양, 정채봉은 불교 도량 동국대학교 국문과에 진학해 문학을 익힌다. 그가 천주교에 귀의한 계기는 1980년 광주민주화운동이라고 한다. 다양한 종교체험 때문이겠지만, 정채봉의 작품에서는 관세음보살과 성모마리아의 이미지가 교차한다. 그의 걸작 가운데 하나로 꼽히는 「오세암」은 정채봉을, 그의 어머니를 남김없이 보여주는 토털 패키지다.

설정스님이 추운 겨울날 포구에서 만난 거지 남매 길손이와 감이를 절로 데려간다. 길손이는 장난이 심해 젊은 스님들의 미움을 받는다. 설정스님은 길손이만 데리고 관음암이라는 암자에 올라가 겨울을 지낸다. 길손이는 암자에 걸린 탱화 속 관음보살을 엄마라고 부르며 하루하루를 보낸다. 설정스님이 양식을 구하러 장터로 내려간 날, 엄동 속에 눈이 쏟아져 길이 끊긴다. 눈이 녹은 뒤 스님이 감이와 함께 관음암을 찾으니 법당 문이 소리 없이 열리고 길손이가 맨발로 걸어 나온다. "엄마가 오셨어요. 배가 고프다 하면 젖을 주고 나랑 함께 놀아 주었어요." 탱화주변에서 빛이 새어나오더니, 하얀 옷을 입은 관음보살이 소리도 없이 나타나 길손이를 가만히 품에 안으며 말한다.

"이 어린아이는 곧 하늘의 모습이다. 티끌 하나만큼도 더 얹히지 않았고 덜하지도 않았다. 오직 변하지 않는 그대로 나를 불렀으며 나뉘지 않은 마음으로 나를 찾았다. (중략) 과연 이 어린아이보다 진실한 사람이 어디에 있겠느냐. 이 아이는 이제 부처님이 되었다."

"아름다움이 이 세상을 구원할 것이라는 도스토예프스키의 믿음을 나도 믿는데, 나의 이 신앙은 동심"이라고 했던 순수한 영혼에게 지구별은 우주의 폭풍우 한가운데 피신한 영혼의 오세암이었을까. 정채봉의 글에는 담담하게 써내려간, 그러나 읽는 이의 가슴에 사무치는 삶의 메타

포가 곳곳에 잠복했다. 그래서 읽는 사람의 가슴에 깊고도 긴 울림을 새겨 놓는다. 바다, 어머니, 사랑으로 충만한 관세음보살. 이 또한 쓰라릴 수밖에 없는 삶의 비의를 드러내는 거울일지 모른다. 삶의 쓰라림은 끝내 죽음으로 귀결된다. 어머니는 죽음을 전제로 정채봉의 의식 속에 선명하므로. 「오세암」에서 그랬듯, 죽음은 어디에나 있다. 어머니를 생각하는 것이 정채봉의 인생이었기에, 그 인생이 어머니의 죽음과 끊임없이 동조했음도 분명하다. 정채봉은 「스무 살 어머니」에서 소원한다.

"엄마. 엄마께 한 가지 감사드릴 일이 있어요. 그것은 하얀 눈이 소복소복이 내리는 음력 동짓달에 저를 낳아 주신 것입니다. 엄마, 하느님께서 허락해 주신다면 제가 엄마를 만나러 그쪽 별로 가는 때도 눈 내리는 달이었으면 하고 바라고 있습니다."

정채봉은 1998년 간암 판정을 받고 수술 후 회복했으나 재발해 2001년 1월 9일 세상을 떠났다. 그가 떠나던 날에는 새벽부터 눈이 쉴 없이 내려 거듭 쌓였다. 정채봉은 순천 용수동 천주교 묘지, 어머니 곁에 묻혔다. 할머니의 묘도 멀지 않다. 가파른 산비탈에 있는 그의 유택(幽宅)은 길을 헤쳐 올라가기가 쉽지 않다. 순천만 자연생태공원 안에 있는 정채봉 문학관에 적으나마 작가의 체취가 고여 순례객의 아쉬움을 달래준다. 매년 10월, 순천시에서 주최하는 정채봉 문학상 시상식이 열린다. 가을이 깊어갈 무렵이다.

"엄마, 끝으로 하나 고백할게요. 엄마가 못 견디게 그리울 때는 해질 무렵이라는 것입니다. 엄마 나이 스물에 돌아가신 산소 앞에 가서 마흔

이 넘은 나이로 가서 울고 온 적도 있으니까요. 엄마, 그쪽도 지금 낙엽

지는 가을인가요?" (「스무 살 어머니」 중)

현모양처

레프 톨스토이는 어머니에게서 작가의 재능을 물려받았다고 한다. 어머니는 1828년에 톨스토이를, 2년 뒤 여동생 마리아를 낳고 세상을 떠났다. 그래서 톨스토이에게는 어머니에 대한 기억이 없다. 작가의 재능을 물려받았다면 '유전자'와 관련이 있을 것이다. 톨스토이는 늘 어머니를 그리워했다. 그가 상상 속에서 만난 어머니는 언제나 우아하고 자애로운 모습이었다. 그런 어머니의 모습을 출세작인 「유년 시대」에 생생하게 되살려 놓기도 했다. (오정희)

"하느님이 천사장 가브리엘에게 세상에 내려가서 가장 아름다운 것 세 가지를 골라 오라고 이르셨다. 천사장 가브리엘은 세상 곳곳을 두루 다니며 아름다운 것 세 가지를 골랐다. 첫째는 활짝 핀 향기 나는 꽃이었다. 둘째는 함박 웃는 순진한 어린이의 웃음이었다. 셋째는 어머니의 사랑이었다. 가브리엘이 이들 세 가지를 구해서 하늘나라로 가는 동안에 꽃은 시들어 버렸다. 어린이는 커서 어른이 되어 사나운 남자의 성난 얼굴이 되었다. 오직 하나 남은 어머니의 사랑만 하느님께로 가져갈 수 있었다." (톨스토이, 「어머니」)

톨스토이뿐이랴. 한국인의 가슴속에 어머니는 밤하늘의 별과 같다. 숙명이자 삶의 근원이다. 사랑의 원천이자 본질이다. 그런데 어머니는 언제나 격리와 이별의 슬픔을 내재한 존재로서 깊은 상흔을 남겨 놓는다. 어머니와의 이별은 죽음보다 고통스러운 체험으로, 인간의 영혼에 정신적 외상을 새겨 놓는다. 그 고통스런 기억을 고백한 기록이 수없이 많다. 예술의 세계에서 어머니는 지극한 존재다.

"별 하나에 추억과 별 하나에 사랑과 별 하나에 쓸쓸함과 별 하나에 동경과 별 하나에 시와 별 하나에 어머니, 어머니 (중략) 어머님 그리고 당신은 멀리 북간도에 계십니다". (윤동주, 「별 헤는 밤」 중)

시인은 고독한 현재와 대비되는 시간을 과거로 설정한다. 시공간을 초월하여 동시에 존재하는 별의 상징성과 구원의 이미지를 통해 시인은 과거를 구체화한다. 추억, 사랑, 쓸쓸함, 동경, 시, 어머니 등은 고향을 떠올릴 수 있는 가장 밀착된 모티브이다. 이 중 가장 실감 있게 고향을 환기시키는 시적 상관물은 어머니이다. 어머니를 호명하며 전개되는 시적 정황은 떠도는 자로서 고독과 그리움의 극한을 보여준다. (이민호) 또한 피천득은 수필 「엄마」에서 고백하였다.

"엄마가 나의 엄마였다는 것은 내가 타고난 영광이었다. 엄마는 우아하고 청초한 여성이었다. (중략) 그렇게 예쁜 엄마가 나를 두고 달아날까봐 나는 가끔 걱정스러웠다. 어떤 때는 엄마가 나의 정말 엄마가 아닌가

현모양처

걱정스러운 때도 있었다. 엄마가 나를 버리고 달아나면 어쩌느냐고 물어보았다. 그때 엄마는 세 번이나 고개를 흔들었다. 그렇게 영영 가버릴 것을 왜 세 번이나 고개를 흔들었는지 지금도 나는 알 수가 없다." (피천득, 「엄마」)

세 번이나 고개를 저은 어머니. 성경 속의 베드로를 떠올리게 한다. 피천득도 정채봉처럼 천주교를 믿었다. 세례명도 같다. 프란치스코. 부잣집의 외동아들로 태어났지만 부모의 사랑을 오래 누리지 못했다. 그의 아버지 피원근은 서울 종각에서 종로5가까지, 강남에서는 양재동의 알짜배기 땅을 소유한 거부(巨富)였다. 그러나 아버지는 피천득이 6살일 때, 어머니는 10살일 때 세상을 떠났다. 피천득은 삼촌의 슬하에서 자랐다. 그는 "나의 간절한 희망은 엄마의 아들로 다시 태어나는 것"이라고 토로했다.

엄마의 아들로 다시 태어나고 싶다는 피천득의 소망은 "엄마를 만나러 그쪽 별로 가는 때도 눈 내리는 달"이기를 원했던 정채봉의 기도로부터 멀지 않은 곳에 있다. 이곳은 오이디푸스 콤플렉스와 같은 지그문트 프로이트의 설명으로는 풀어낼 수 없는 세계다. '남자아이가 무의식적으로 어머니에게 성적 욕망을 품고, 동시에 아버지에게는 무의식적 두려움과 경쟁심을 품는다.'는 신화의 해석은 아무것도 설명하지 못한다.

한국에서 어머니의 표상은 '현모양처'였다. 1980년대까지만 해도 일류대학에 진학한 여학생이 장래희망으로 현모양처를 말하는 일이 흔했다. 그 현모양처란 지긋지긋한 시집살이의 다른 표현이었을 뿐일지 모른다. 인내, 희생, 사랑, 양보, 헌신은 어머니를 설명하는 언어다. 이런 용어들은 종교의 가르침에서나 볼 수 있다. 그러나 모두가 알다시피 '어머니교' 같은 것은 없다. 어머니를 여성으로, 그 이전에 하나의 인격체로 보는 노력은 오래된 사고의 습관에 이의를 제기한다.

세상은 빠르게 변한다. 2019년 『여성조선』의 설문결과를 보자. 응답자인 주부들이 '과거 엄마'에서 떠올린 이미지로는 '희생'이 73.2%로 가장 많았다. 그다음은 '살림'(12.7%), '육아'(9.9%)였다. 반대로 '오늘날 엄마'와 함께 연상하는 모습으로는 '사회생활'을 가장 많이 꼽았다. 42.3%. '희생'은 18.3%에 불과했다. 62%에 이르는 주부들이 '엄마의 이미지 중 헌신, 희생을 이전만큼 느끼지 않는다.'고 답했다.

세라 블래퍼 허디는 『어머니의 탄생 : 모성, 여성 그리고 가족의 기원과 진화』에서 모성을 둘러싼 오랜 신화가 생물학적 진실과는 차이가 많다는 사실을 들춰낸다. 그가 보기에 임신과 출산을 맡는 어머니·암컷에게 자녀 사랑과 양육이란 본능이 아니다. 허디는 어머니·여성·암컷은 생계와 양육을 동시에 수행하며 그 사이에서 정치적 목표를 향해 곡예를 벌여야 하는 능동적인 전략가라고 주장한다. 그의 주장은 생경하지 않다.

엘리자베스 바댕테르는 『만들어진 모성』에서 모성애는 인간적 감정일 뿐이라고 했다. 우리가 느끼는 여타 감정들과 마찬가지로 모성애 또한 불확실하고 불안정하며, 불완전한 것이라는 것이다. 이는 모성애의 존재 자체를 의심했다기보다는, 모성애가 인류 보편의 모든 여성들에게 반드시 존재하지는 않으며, 모성애를 발현시키는 것은 여성에 내재한 본

능적 차원보다는 윤리, 사회 및 종교적 가치들에 의해서 촉발된 측면이 있다는 뜻이다. (추은혜)

바댕테르의 주장은 낯설지도 새롭지도 않다. 시몬 드 보부아르가 『제2의 성』을 발표한 해가 1949년이다. 보부아르는 이 책에서 "여성은 태어나는 게 아니라 만들어지는 것"이라고 주장했다. 바댕테르는 "여성이 어머니가 될 수밖에 없었던 데에는 여성들 스스로의 욕구나 자기결정권과 별개로 정치 사회적 필요에 의해, 이데올로기의 압력에 의해 강요된 측면이 있다."고 본다. 여성이 아이를 낳음으로써 본능적으로 자기 자식에 대한 애정과 헌신이 생긴다는, 너무나 당연한 일로 여겨온 통념이 강력한 도전에 직면한 것이다.

아버지가 없는 나라

"모든 여자가 엄마가 되지는 않는다. 그러나 사람은 누구나 엄마가 있다. 아이가 저절로 생겨나지 않듯 엄마 또한 그냥 되지는 않는다. 하지만 사회는 여전히 그 과정에 무지하다."

2021년 1월에 원더박스에서 낸 『아이가 눈을 뜨기 전에』를 소개하는 글이다. 이 책은 타이완 징이대학(靜宜大學)의 문학과 교수 리신룬의 에세이다. 저자가 두 아이의 엄마가 되는 과정을 세밀하고 사실적으로 묘사했다. 결혼식 날 화려하게 차려입은 자신의 낯선 몸을 들여다보면서 고단한 여정을 시작한다. 한 여성이 결혼해서 임신과 출산과 육아의 여정을 거치며 경험한 몸의 감각, 변화무쌍한 감정 그리고 현실. "정말로 엄마가 되어 첫날을 맞이하면, 그제야 그 모든 건 정말 꿈이었다는 사실을 깨닫는다."

리신룬의 꿈은 '사랑하는 남자와 결혼해서 가정을 꾸리고 예쁜 아기를 낳아 꾸려가는 지상천국' 비슷하지 않았을까. 꿈이 꿈이었을 뿐이라는 깨달음은 마음을 아프게 한다. 천국이 지옥으로 둔갑한 것이 아니라 행복의 두겁을 쓴 지옥의 본편이 막을 올렸을 뿐이라는 사실. '아이는 시도 때도 없이 울고, 집안일은 해도 해도 끝이 보이지 않는다. 끼니에 맞춰 밥을 차려 내고, 설거지를 하고, 그 와중에 아이는 울고, 청소기를 밀고, 걸레질을 하고, 아이는 놀아 달라며 보채고, 빨래를 돌리고, 건조대의 옷을 걷어 개고, 아이는 개킨 옷을 걷어차고, 다시 밥을 하고, 아이를 씻기고, 동화책을 읽어 주고, 잠투정하는 아이를 토닥여 재우고….'

머리 좋고 공부 잘하고 '품행 방정한' 일류대학 여학생, 곧 '재원(才媛)'의 장래희망이라는 현모양처란 결국 리신룬의 삶을 사는 여성의 다른 이름이었는가. 리신룬의 경험은 낯설지 않다. 똑똑하고 일 잘하는 여성들에게 결혼과 출산은 오늘날 대한민국에서도 불이익을 강요하는 족쇄다. '언론고시'라 불릴 정도로 경쟁이 심하다는 신문·방송의 수습기자 선발 과정을 관찰하면 여성응시생들의 뛰어난 실력을 확인할 수 있다. 여성응시생의 성적과 평점이 남성응시생을 압도하는 해가 그렇지 않은 해보다 훨씬 많다. 그래도 신문·방송의 제작 현장은 여전히 남성이 지배하거나 주도하는 곳이다. 상대적으로 개방적이고 공평하다고 평가할 수 있는 신문·방송업종조차 이럴진대 다른 곳이야 어떻겠는가. '엄마'가 된 여성이 경력을 이어갈 수 없는 직장이 아직도 많다. 이로 인한 사회적 논란은 매일 언론을 통해 확인할 수 있다. 출산은 경력단절의 동의어고, 냉혹하게 말하자면 아이는 어머니의 장해물(障害物)이다.

고대 신화의 세계 어느 곳에서 여성들은 여자아이만 길렀다. 아마조네스. 여전사(女戰士) 집단으로서, 남자아이가 태어나면 죽이거나 노예로 삼았다. 이런 사람들이 결혼을 원했을 것 같지는 않다. 그래도 집단을 지켜나가려면 임신과 출산을 피할 수 없었다. 아마조네스는 자식을 낳기 위해 주변의 다른 부족을 침략해 그 부족의 남자들을 겁탈(?)했다고 한다. 사냥과 전쟁을 좋아한 이들은 활을 쏠 때 방해가 된다며 한쪽 젖가슴을 떼어버렸다. 그래서 아마조네스라고 불렸다. 아마조네스의 단수형인 그리스어 '아마존'은 '젖이 없다'는 뜻이다. 안타까운 일이다. 한쪽 젖가슴만으로는 아이에게 젖을 충분히 먹이기 어렵지 않았을까. 현대의 양궁 선수들이 사용하는 가슴보호대(chest guard)가 있었다면 두 가슴이 온전했을 텐데.

프랑스 파리의 루브르궁에는 비탈 가브리엘 뒤브레가 제작한 아마조네스 상(像)이 있다. 중정의 동쪽 벽면을 장식한 작품이다. 오른손에 도끼를 들고 왼손을 허리에 얹은 채 먼 곳을 바라보고 있다. 그녀의 이름은 펜테실레이아. 아마조네스의 여왕 오트레레가 군신 아레스와 정을 통해서 낳은 딸이다. 얼굴이 탐스럽고 입술은 도톰한데 눈매가 매우 사납다. 드러낸 오른쪽 가슴은 남성의 '갑바' 같은 느낌을 준다. 매력적인 여성의 모습은 아니다. 그러나 이 같은 판단은 21세기를 사는 한국 남성의 미감(美感)에서 비롯된다. 트로이 전쟁의 영웅, 물의 여신 테티스와 인간 펠레우스 사이에서 태어나 「일리아스」의 행간을 누빈 아킬레우스에게는 다르게 보였나보다.

펜테실레이아는 전쟁이 벌어지자 트로이 편에 서서 싸웠다. 무예가

비탈 가브리엘 뒤브레, 「펜테실레이아」

어찌나 절륜했는지 그리스 병사들이 그녀의 도끼날 앞에 낙엽처럼 쓰러졌다. 그리스의 맹장 아이아스에게도 벅찬 상대였다. 아이아스는 아킬레우스에게 도움을 청했다. 펜테실레이아는 "아킬레우스를 내 손으로 죽이겠다."고 장담했다. 아킬레우스가 나타나자 득달같이 달려들었다. 그러나 아킬레우스의 창이 먼저 그녀의 오른쪽 가슴을 꿰뚫었다. 즉사였다. 아킬레우스는 당시의 관습대로 패자의 갑옷을 벗겼다. 그 순간 그녀의 아름다움에 사로잡힌다. 끔찍한 이야기지만, 아킬레우스가 죽은 펜테실레이아에게 사랑을 느껴 시간(屍姦)을 했다는 전승도 있다. (성현숙 외)

아마조네스는 현대에도 자주 등장하는 이름이다. 영화 『원더우먼』의 주인공은 아마조네스들이 세운 데미스키라란 왕국의 공주다. 데미스키라는 모계사회다. 모계사회는 상속 등의 사회적 관행에서 어머니 계통의 친척을 우위로 하는 가족 형태다. 모계사회는 현대에도 존재한다. 중국 윈난 성에 사는 모쒀족은 유명한 모계사회다. 가정의 풍습과 의식 그리고 경제를 주도하는 우두머리는 여성이다. 딸을 아들보다 선호하며, 재산도 어머니가 딸에게 상속한다. 나무와 크리스틴 매튜가 함께 쓴 『아버지가 없는 나라』는 이들의 이야기다.

아마조네스가 정말 있었는지도 모른다. 흑해와 남부 유럽, 소아시아, 북아프리카에 이르는 넓은 지역에 아마조네스와 관련한 전승이 남아 있다. 「역사(Historiae)」를 쓴 '역사의 아버지' 헤로도토스는 아마조네스가 스키타이 국경 지역에 살던 부족이라고 했다. 신화의 세계에서 헤라클레스, 아킬레우스, 벨레로폰 등 남성 영웅들은 대개 한 번씩 아마조네스를

외젠 들라크루아, 「아마조네스의 여왕 히폴리테를 제압하는 헤라클레스」

만나 싸운다. 통과의례와도 같은 성대결의 승자는 대부분 남성 영웅들이다. 테세우스는 아마조네스 전사인 히폴리테(혹은 그녀의 동생 안티오페)를 아테네로 납치해 아내로 삼았다. 이들 사이에서 히폴리토스가 태어난다. 신화의 세계에서 납치-결혼-출산은 남성의 승리와 지배를 상징하는 전형적인 에피소드다. 이 부문에서 올림포스의 대표선수는 제우스가 아니던가. 신화 속 성대결의 승자는 왜 남성이어야만 했는가.

미토콘드리아 이브

우리는 DNA를 보통명사로 사용한다. 그러나 DNA란? 하고 물으면 금방 대답하지 못한다. '유전자' 정도로 대답할 것이다. 크게 틀리지는 않았다. DNA란 디옥시리보핵산(Deoxyribonucleic acid)을 줄인 말이다. 생명체 대부분의 유전 정보를 담고 있는 화학 물질이다. 세포 내에 가느다란 실과 같은 형태로 존재한다. 사람의 DNA는 핵(nucleus)에 들어 있다. 핵에는 미토콘드리아가 수천 개 들었다. 미토콘드리아는 세포의 에너지를 생산해내는 세포내 한 기관이다. 세포의 핵에 존재하는 DNA와는 별도로 '미토콘드리아 DNA(mtDNA)'를 갖고 있다. mtDNA는 모계를 통해서만 유전되고, 세대에서 세대로 전해지면서 변하지 않는다고 한다.

앨런 윌슨, 레베카 칸, 마크 스톤킹 등 미국 버클리 대학 연구 팀은 1985년 학술지인 『네이처』에 「미토콘드리아 DNA와 인간의 진화」라는 논문을 기고했다. 세계 다섯 곳에서 살고 있는 여성 147명의 mtDNA를 분석한 결과를 집약한 것이다. 연구 결과는 147명 모두 한 여성의 후손이라는 결론에 도달했다. 약 10만~20만 년 전 아프리카에서 살았을 이 여성을 '미토콘드리아 이브'라고 한다. 윌슨의 팀은 1987년에 등재된 이 논문에서 '운 좋은 어머니'라고 했을 뿐 미토콘드리아 이브라는 표현을 사용하지 않았다. 미토콘드리아 이브는 1987년 로저 르윈이 『사이언스』에 「가면을 벗은 미토콘드리아 이브」를 기고하면서 처음 등장한다.

분명한 사실은, 사람의 mtDNA를 분석하면 그의 모계 조상을 알 수 있다는 것이다. 물론 미토콘드리아 이브는 성경에 등장하는 최초의 여성이 아니다. 10만~20만 년 전에 살았던 한 여인이 우리 모두의 유일한 어머니라는 뜻도 아니다. 그녀는 당시 살았던 집단의 구성원 가운데 한 사람이었을 뿐이다. mtDNA는 모계 유전을 하기 때문에 딸을 낳지 못하면 그 계통의 mtDNA는 집단 속에서 사라진다. 따라서 진화 과정에서 많은 계통이 사라져 버리고 한 계통의 미토콘드리아 이브만 남았을 것이다. 미토콘드리아 이브는 인류의 아프리카 기원론을 강하게 뒷받침한다. 화석학자들이 구축한 현생 인류의 다지역 기원설은 근거를 잃었다.

이브의 후예들은 한동안 인류사의 주연이었을지 모른다. 이 사실을 자세히 알아보려면 마리야 김부타스의 위대한 연구에 빚져야 한다. 김부타스는 1921년 리투아니아에서 태어났다. 1944년에 빌뉴스대학교를 나와 빈, 인스브루크, 튀빙겐의 대학에서 동유럽 고고학을 연구했다. 1949년에 미국으로 건너가 하버드대학 연구원(1950), 캘리포니아대학 교수(1963)를 거치면서 인도유럽인의 기원 문제를 구명하였다. 1960년대에는 지중해 주변 유고 및 마케도니아 지역의 신석기 문화 발굴에 참여했다. 이때 고대 유물 속에서 선사시대 여신 문명의 존재를 밝혀내 '여신학'의 역사·학술적 배경을 수립했다. 여신과 여성 중심의 평화로운 문화가 신석기 유럽의 특징이었다는 김부타스의 주장은 현대여성운동과 여성학에 영감을 주었다.

연구자들은 대체로 인류의 역사가 모계제 사회에서 부계제 사회로 이행했다고 본다. 모계제는 여성의 핏줄을 따라 가족과 친족을 정하는 방식이고, 가모장제는 가족 내에서 여성을 가장으로 삼는 제도를 가리킨다. 루이스 헨리 모건, 프리드리히 엥겔스 등도 모계제 다음에 부계제가 나왔다고 하였다. 인류사적으로 사유재산 개념이 생기고 착취와 전쟁이 빈번해지면서 가부장제가 힘을 갖게 되었다는 것이다. 김부타스는 모계제가 기본틀이고, 남성 중심 문명은 인류의 기나긴 시간 속에서 일시적인 것이며 거기서 파생한 전쟁과 지배의 문화는 병리적 현상일 뿐이라고 보았다. 유럽의 인류는 더 오랜 기간 전쟁 없이 평화롭게 살았고, 이는 여신 전통의 흔적을 통해 확인할 수 있다고 주장했다.

우리 사회, 특히 남성의 머릿속에는 몽둥이를 든 원시인 남자가 여자의 머리채를 움켜쥐고 동굴로 끌고 들어가는 이미지가 낯설지 않을 것이다. 이 이미지는 남성의 여성 지배와 억압이 태초부터 있었다는 믿음에 바탕을 둔다. 여성은 태초부터 임신과 출산이라는 생물학적 특성 때문에 남성에게 지배당한다는 것이다. 그러므로 억압과 차별을 타고난 존재로서의 여성을 생태계의 질서로 받아들여야 한다는 이야기다. 그러나 모두 같은 생각을 하지는 않았다. 프리드리히 엥겔스는 1820년 독일에서 태어나 카를 마르크스와 「공산당선언」을 써서 마르크스주의의 기초를 세운 사람이다. 엥겔스는 여성 억압이 사회의 물질적 역사에서 비롯되었다고 보았다. 그의 생각은 1884년에 나온 『가족, 사유재산, 국가의 기원』에 집약됐다. 여성 차별에 관한 가장 중요하고 논쟁적인 저작 가운데 하나다.

엥겔스는 모계 사회의 몰락과 부계 사회의 출현을 '여성의 세계사적 패배'라고 표현했다. "남자는 가정에서 주도권을 잡게 되었고, 여자는 존엄성을 잃어버리고 남자의 정욕의 노예가 되었으며 아이를 낳는 단순한 도구로 전락했다."는 것이다. 목축과 농경의 도입으로 생산력이 발달하자 잉여 생산물과 부(富)가 증가해 공동 소유가 사적 소유로 이행한다. 이때 남성들이 잉여 생산물과 가축, 노예 등 생산 수단에 대한 소유권을 독점한다. 남성들은 재산을 자식에게 상속하기 위해 부권제를 세우고, 자신의 자식을 확실히 하도록 일부일처제를 확립한다. 육아와 가사는 종족 보존을 위한 공적 노동에서 여성의 사적 노동으로 전락한다. 여성 종속의 시작지점이다. 따라서 엥겔스는 사적 소유의 폐지, 여성의 공적 산업 참여와 함께 가사 노동을 공적인 산업으로 전환해야 여성 해방이 가능하다고 주장했다.

페미니즘 연구자들은 마르크스주의로는 여성 차별을 이해할 수 없다고 주장한다. 캐나다 사람 조던 피터슨은 『12가지 인생의 법칙』에 이렇게 적었다. "김부타스는 신석기 유럽의 특징이었던 여신과 여성 중심의 평화로운 문화가 침략적이고 호전적인 계급문화로 대체됐고 현대 사회의 기초가 되었다고 했다. 미국의 예술사학자 멀린 스톤도『하느님이 여자였던 시절』에서 같은 주장을 했다. 이런 원형적이고 신화적인 개념들이 훗날 여성운동과 1970년대 페미니즘 모권에 대한 신학적 연구의 기준이 되었다. 신시아 엘러는『원시 모권제의 미신』에서 이런 생각들을 '고결한 거짓말'이라고 비판했다." 피터슨은 묻는다. 차별이나 억압을 해소하기 위해 50대 50이라는 선택만이 가능한가.

첫 여자

성경을 펼쳐 보자. 창세기 1장. 창조주 하느님이 세상을 만든다. 세상이 탄생하기 전의 모습은 진공이나 백지 상태가 아니다. 성경에 쓰이되 "땅은 아직 모양을 갖추지 않고 아무것도 생기지 않았는데, 어둠이 깊은 물 위에 뒤덮여 있었고 그 물 위에 하느님의 기운이 휘돌고 있었다."고 하였다. 첫날 하늘과 땅을 짓고 빛과 어둠을 갈랐다. 이튿날 창공을 만들어 창공 아래 있는 물과 창공 위에 있는 물을 갈라놓았다. (이거 대단히 중요한 작업이었다.) 사흘날엔 육지와 바다를 구분하고 대지에 식물이 뿌리내리게 하였다. "하늘 창공에 빛나는 것들이 생겨 밤과 낮을 갈라놓고 절기와 나날과 해를 나타내는 표가 되어라!"하니 나흘이 지났음이요, 큰 물고기와 물속에서 우글거리는 온갖 고기와 날아다니는 온갖 새들을 지어내니 닷새가 지났음이라. 마침내 문제적 하루, 하느님의 엿새째 날이 되었다.

　하느님은 온갖 짐승을 만든 다음 사람을 만든다. 그리고 사람을 만든 목적을 분명하게 밝힌다. "바다의 고기와 공중의 새, 또 집짐승과 모든 들짐승과 땅 위를 기어 다니는 모든 길짐승을 다스리게" 하겠다는 것이다. 하느님이 만든 생명의 관리자가 되라는 뜻이다. 무거운 임무를 부여받았기에 생김새도 범상치 않다. 성경에 적히기를 하느님은 "당신의 모습대로" 사람을 지어냈다. 그런데 이 일을 하기 전에 이해하기 어려운 멘트를 날린다. "우리 모습을 만든 사람을 만들자."고. 우리는 1인칭 복수형이 아닌가. 하느님이 여럿인가? 성경을 계속 읽자. 여러분은 놀라운 대목을 발견할 것이다. "하느님의 모습대로 사람을 지어내시되 남자와 여자로 지어내"셨다는 것이다. 이 대목에서 버퍼링이 발생하지 않는다면 당신은 정말 때 묻지 않은 사람이다. 지독하게 무식하거나.

아담과 이브를 알 것이다. 이브는 아담의 배필인데, 히브리어로는 하와라고 부른다. 그래서 천주교와 개신교가 힘을 합쳐 만든 공동번역 성경에서도 하와를 채택하였다. 그러나 익숙한 이가 적으니 여기서도 이브라고 부르겠다. 아무튼 창세기 2장에 나온다. 하느님이 진흙을 빚어 사람을 만든 다음 코에 입김을 불어넣으니 숨을 쉰다. 세상 동쪽에 에덴동산을 만들고 거기 사람을 데려가 돌보게 하였다. 주의사항은 딱 하나. 선악과를 먹지 말라는 것이다. 아담의 일을 거들 짝이 필요하니 하느님이 뚝딱 만들어낸다. 아담을 잠들게 한 다음 갈빗대 하나를 뽑아 여자를 만든 것이다. 곧 이브다. 아담은 흥분하여 외친다. "드디어 나타났구나! 내 뼈에서 나온 뼈요, 내 살에서 나온 살"이라고. 그러니까 아담을 먼저 만들고 다음으로 이브를 만든 것이 순서이다. 창세기 1, 2장의 미묘한 차이는 혼란을 일으킬 수 있다.

놀라지 마시라. 아담에게 다른 여자가 있었다. 기독교 경전에는 나오지 않는다. 유대교의 신화와 문헌을 살펴야 찾을 수 있다. 유대교는 이스라엘 국민 80%가 믿는, 말하자면 국교다. 유대 신화에 따르면 하느님은 남자와 여자를 동시에 창조했다. 아담과 릴리트(Lilith)다. 릴리트가 아담의 첫 번째 아내였다는 이야기는 「벤 시라의 알파벳」이라는 7~10세기의 중세 유대교 문헌에 나온다. 성경에서는 릴리트라는 이름을 찾을 수 없다. 그녀는 성경 안에서 태어났으나 이름을 남기지 않고 성경 밖으로 떠났다. 아담과의 생활은 행복하지 않았다. 부부싸움을 심하게 했다. 성관계할 때의 주도권이 문제였다. 릴리트는 불만이 많았다. 아담이 원할 때는 왜 언제든 응해야 하고, 관계할 때는 왜 항상 남성 상위 체위를 해야 하는지 이해할 수 없었다.

릴리트가 아담에게 따졌다.

"당신과 나는 똑같이 흙으로 만들어졌어요. 그런데 왜 부부 관계를 할 때 나만 당신 밑에 누워야 하죠?"

아담이 대답했다.

"나는 당신보다 윗사람이요. 당신은 내 말에 복종해야 하오."

"우리는 둘 다 흙으로 만들어졌으니 동등해요. 우리는 서로 복종해야 할 아무런 이유가 없어요."

릴리트는 이 말을 남기고 아담을 떠났다. 홍해 근처 동굴로 도망가 악마 루키페르의 연인이 되었다고 한다. 아담이 하느님에게 하소연하니,

하느님은 천사 셋을 보내 릴리트를 데려오도록 하였다. 그러나 릴리트는 아담의 곁으로 돌아가기를 거절했다. 『현문우답』의 저자 백성호는 이렇게 말한다.

"겉으로는 '성관계에 대한 불만'으로 비치지만, 깊이 따져 보면 '인간의 본질적 평등'에 대한 불만이다. 하느님이 인간을 지을 때, 당신의 모습을 본 따 짓지 않았는가. 겉모습을 본 딴 게 아니라, 속성을 본 딴 거다. 그게 '신의 모상'이라고 하는 '신의 속성'이다. 그걸 인간에게 불어넣었다. 그러니까 남자의 속성과 여자의 속성은 신의 속성과 닮았다. 왜 모든 인간이 본질적으로 동등하고 평등한가? 남자의 속성과 여자의 속성과 신의 속성이 하나이기 때문이다. 서구 민주주의의 기본 가치가 뭔가. 자유와 평등이다. 그 뿌리가 여기서 나온다. 인간은 생겨날 때부터 자유의지가 있고, 생겨날 때부터 신의 속성을 통해 평등하다. 누가 누구를 지배하고, 누가 누구에게 복종해야 하는 관계가 아니다. 릴리트의 사고는 굉장히 진보적이고, 진취적이고, 시대를 앞서 나간 사고였다."

릴리트가 떠난 다음 하느님은 이브를 만들었다. 이브는 순종적이고 희생적이었다. 이런 아담의 갈비뼈 신화 때문에 유대 문화에는 철저한 남존여비 사상이 존재한다. 남녀 사이에 태생적 상하 관계가 있다는 생각이다. 아담으로 하여금 선악과를 따먹게 한 '이브의 유혹'에는 여자가 남자보다 더 죄질이 무겁다는 생각이 깔려 있다. 그 벌로 여자는 해산의 고통과 남편에 대한 복종을 숙명으로 안고 살아야 한다는 것이다. 기독교에도 여자는 남자보다 죄의식을 더 많이 가져야 한다는 사상이 깔려

여자이야기

있다. 사도 바울은 '남편은 모든 여자의 머리'라고 했다. 여성 교육에 부정적이었고, 여성들에게 침묵을 요구했다. 성 아우구스티누스도 이브는 아담의 옆구리에서 그 형태를 부여받았기 때문에 아담에게 봉사하도록 지어진 부수적 존재라고 했다. (홍익희) 1970년대 유대 페미니즘 운동이 일어나면서, 릴리트는 남성과 신에 맞서 자신의 권리를 위해 투쟁한 최초의 여성으로 새삼 주목을 받는다.

릴리트 콤플렉스

아담의 첫 번째 아내 릴리트의 이야기가 창세기에 등장하는 이유는 초기 유대교 신화에 수메르 신화가 유입됐기 때문이라는 설명도 있다. 고대 수메르의 릴리트는 남자의 정기를 빨아먹는 마녀다. 릴리트는 뱀으로 변신하여 에덴동산의 아담과 이브에게 선악과를 먹게 했다고 한다.(이영화) 아담과 이브가 뱀의 꾐에 빠져 선악과를 먹는 과정은 성경의 독자를 긴장하게 만드는 스릴러로서 서스펜스 충만하다.

네이선 브랜스포드는 말하기를 "미스터리는 범인이 누구인지 마지막 페이지에서 알 수 있다. 하지만 스릴러는 범인이 누구인지 첫 페이지에서 알 수 있다. 서스펜스도 범인의 정체를 첫 페이지에서 간파하는 건 스릴러와 같다."고 했다. 서스펜스는 영화, 드라마, 소설 따위에서 줄거리의 전개가 관객이나 독자에게 주는 불안감과 긴박감을 말한다. 서스펜스의 대가이자 스릴러의 거장, 알프레드 히치콕은 이렇게 설명했다.

"네 사람이 포커를 하러 방에 들어간다. 갑자기 폭탄이 터져 모두 죽

여자이야기

는다. 이럴 경우 관객은 단지 놀랄(surprise) 뿐이다. 그러나 나는 네 사람이 포커를 하러 들어가기 전에 한 남자가 포커판 밑에 폭탄을 장치하는 모습을 보여준다. 네 사람이 포커를 하는 동안 시한폭탄의 초침은 폭발시간에 다가간다. 폭탄이 터지기 직전에 포커를 끝내고 일어서는데 한 사람이 말한다. '차나 한 잔 하지.' 이 때 관객이 느끼는 감정이 서스펜스(suspense)다."

하느님은 동산 한가운데 생명나무와 선과 악을 알게 하는 나무를 돋아나게 하였다. 그리고 아담에게 "이 동산에 있는 나무 열매는 무엇이든지 마음대로 따먹어라. 그러나 선과 악을 알게 하는 나무 열매만은 따먹지 마라. 그것을 따먹는 날, 너는 반드시 죽는다."고 일렀다. 아담도 이브도 명심했겠지. 그런데 뱀이 이브를 꾄다. "절대 죽지 않는다. 그 나무 열매를 따먹기만 하면 너희의 눈이 밝아져서 하느님처럼 선과 악을 알게 될 줄을 아시고 그렇게 말하신 것이다." 누군가 괜찮다고 하면 용기가 난다. 결국 우리가 아는 대로 이브는 열매를 따먹었고, 남편에게도 따주었다.

하느님은 곧 알아챘다. 아담은 핑계를 댄다. "당신이 저에게 짝지어 주신 여자가 그 나무에서 열매를 따주기에 먹었을 뿐입니다." 이브도 핑계를 댄다. "뱀에게 속았습니다." 하느님은 뱀을 저주하여 죽기까지 배로 기어 다니며 흙을 먹게 만들었다. 이브에게는 "고생하지 않고는 아기를 낳지 못하리라. 남편을 마음대로 주무르고 싶겠지만, 도리어 남편의 손아귀에 들리라."고 했다. 아담에게는 "너는 죽도록 고생해야 먹고 살

것이다.”라고 선고한다. 아담과 이브는 에덴동산에서 쫓겨났다. 인류의 좋은 시절은 끝난 것이다.

우리는 이브가 선악과 먹은 죄로 아담의 씨를 받아 임신과 출산을 감수하게 되었다고 생각한다. 선악과 먹기 전에는 두 사람에게 아이 만들 일이 없었다는 얘기. 아담과 이브는 오직 쾌락을 위해 섹스를 했다? 그렇지 않다. 창세기의 제1장으로 돌아가 보자. 하느님은 ‘당신의 모습대로’ 지어낸 남자와 여자를 축복한다. “자식을 낳고 번성하여 온 땅에 퍼져서 땅을 정복하여라.” 그러므로 아담과 그의 첫 아내 릴리트도 아이를 낳아야 했다. 출산은 하느님의 축복을 받은 사명이었다. 선악과 먹은 죄가 임신과 출산을 고통으로 바꾸어 놓았다. 시렁에서 곶감 꺼내듯 아이를 쑥쑥 낳던 이브가 선악과 먹은 뒤로는 매번 고통에 몸부림쳐야 하는 것이다.

에덴동산에서 저지른 죗값은 혹독하다. 아담과 이브의 후손들은 아담으로 하여금 선악과를 따먹게 한 이브의 죄가 더 무겁다고 생각한 모양이다. 그 벌로 산고와 남편에 대한 복종을 감수해야 했으므로. 이러한 인식은 유대교에 남녀의 엄격한 구분을 넘어, 한국인이 상상하기 어려운 억압과 차별의 문화를 뿌리내렸다.

“이스라엘 예루살렘의 통곡의 벽 근처에 초정통파 유대인 마을이 있다. 초정통파 유대인 사회는 지금도 남성과 여성의 차별이 무척 심하다. 그 마을에서 만난 여성들의 상당수가 가발을 썼더라. 초정통파 유대 사회에서 여성은 결혼과 동시에 머리를 삭발하고 두건이나 가발을 쓴다.

기혼 여성이 자신의 머리카락을 외간 남자에게 보여주는 건, 신체의 은밀한 부분을 보여주는 것과 같다고 해석하는 유대 학자도 있다. 여성에 대한 관습적 차별이다." (백성호)

세속주의를 극단적으로 배격하는 초정통파(Ultra-Orthodox) 유대교 신자를 하레디(Haredi)라고 한다. 이들의 신앙생활은 기원전 1312년 모세가 시나이 산에서 받았다는 경전(토라)을 바탕으로 삼는다. 남성들은 검은 모자에 흰 셔츠, 검정 바지저고리 차림에 양 갈래 머리를 한다. 기혼 여성은 목과 팔다리, 머리를 가린다. 외부와 거의 교류하지 않고 텔레비전, 인터넷, 라디오, 전화사용을 금기로 여긴다. 이들은 자신들이 이스라엘의 정체성을 지키고 있다고 믿는다. 이러한 신념에 기초하여 율법이 금하는 화장(火葬) 시설에 방화를 하거나 돼지고기를 파는 식당에 화염병을 투척하는 등 사건을 일으키기도 한다.

유대교의 남녀관은 유대교에서 파생된 기독교에 영향을 미쳤다. 기독교를 믿는 여자는 남자보다 죄의식을 더 많이 가져야 한다. 가부장적 기독교 문화는 여성에게 모성애를, 아이 낳아 기르는 일을 전적으로 도맡기를 강요했다. '그렇게 하지 않으면 아이에게 나쁜 영향을 미친다.'는 강박관념도 주입했다. '남편은 모든 여자의 머리'다.(사도 바울) 이상적인 여성은 '남편에게 복종하는 현모양처'다. 이들은 모성애가 강해야 하고 아이를 기르고 집안일을 도맡는 데서 행복을 느껴야 한다.

독일의 정신과의사 한스 마츠는 2003년에 출간한 『릴리트 콤플렉스』에서 비정상적인 모성애를 문화·역사적으로 설명했다. 릴리트 콤플렉스는 여성의 본능을 억압하는 문화현상이다. 그가 보기에 릴리트는 여성의 무의식 가운데 본질적인 부분을 상징한다. 권력과 성을 추구하고 임신과 출산을 기꺼워하지 않는다. 시대를 불문하고 가부장적인 사회가 혐오하는 여성상이다. 마츠는 릴리트를 인정하지 않는 개인이나 사회에서 다양한 병증이 나타난다고 주장했다. 남녀 모두 성장기에 '모성장애'를 겪고, 이는 장차 사회 전반에 걸친 갈등으로 이어진다.

아르고나우티카

콜키스는 조지아의 옛 이름이다. 흑해 동쪽 연안에 살던 초기 조지아 부족민들을 콜키스 인(人)이라고 부른다. 그리스 신화에 따르면 콜키스는 신비롭고 풍요로운 땅이었다. 신의 축복을 받은 땅 콜키스의 신비와 풍요를 상징하는 물건이 황금양피(黃金羊皮)다. 황금양피에는 신의 숨결이 깃들었는데, 사연이 유장하다.

그리스 남쪽 보이오티아의 왕 아타마스와 왕비 네펠레는 프릭소스와 헬레라는 아들과 딸을 두었다. 아타마스가 후처로 맞은 이노가 네펠레의 자식들을 미워해 호시탐탐 죽일 기회만 노렸다. 네펠레가 헤르메스 신에게 기도하자 신은 황금빛 양 키소말로스를 내려 주었다. 네펠레는 남매를 양의 등에 태워 머나먼 동쪽 나라 콜키스로 보냈다. 헬레는 바다를 건너다 목숨을 잃는다. 그녀가 가라앉은 바다가 헬레스폰토스, 곧 차나칼레 보아스다. 차나칼레 보아스는 에게 해와 마르마라 해를 잇는 터키의 해협이다. 흔히 다르다넬스 해협이라고 부른다. 보스포루스와 더불어 터키를 아시아와 유럽으로 나눈다. 역사는 언제나 침략자가 차나칼레 보아스를 먼저 건넜음을 보여준다. 페르시아의 크세르크세스는 동쪽에서 서쪽으로, 마케도니아의 알렉산드로스는 서쪽에서 동쪽으로.

무사히 콜키스에 도착한 프릭소스는 황금 양을 잡아 신께 제사를 올렸다. 양피는 콜키스의 왕 아이에테스에게 선물한다. 아이에테스는 황금양피를 전쟁의 신 아레스의 숲에 있는 떡갈나무에 걸어 두고 절대 잠들지 않는 용에게 지키게 했다.

진귀한 물건은 도둑을 부른다. 콜키스에 황금양피가 있다는 소문은 그리스 세계에 널리 퍼졌다. 고대 그리스에서 콜키스는 머나먼 동쪽 나라, 세상의 끝과도 같은 곳이었다. 그리스 신화를 수놓은 영웅 50명이 아르고 호(號)라는 배를 타고 원정에 나선다. 목적은 딱 하나, 황금양피를 차지하려는 것이다. 빼앗든 훔치든 방법은 가리지 않고. 원정대의 우두머리는 이아손이다.

이아손은 그리스 테살리아에 있는 이올코스 왕 아이손의 아들이다. 이복형제 펠리아스에게 왕위를 빼앗긴 아이손은 아들의 안전을 우려해 반인반마(半人半馬)의 현자 켄타우로스에게 맡긴다. 장성한 이아손은 왕위를 되찾기 위해 펠리아스를 찾아간다. 펠리아스는 이아손에게 콜키스에 가서 황금양피를 가져오면 왕위를 돌려주겠다고 약속한다. 물론 거짓말이지. 가서 죽으란 얘기다.

하지만 영웅은 쉽게 죽지 않는다. 대개는 신이 뒷배를 봐준다. 특히 여신들의 'A/S'는 확실하다. 이아손의 뒤를 지키는 여신은 헤라다. 올림포스의 제왕 제우스의 아내로 결혼생활의 수호신인데, 꼭 정결과 신의를 지키려 노력하는 것 같지는 않다. 제우스에만 엄격하다. 늘 감시하지만 자주 허탕을 친다. 제우스는 집요한 난봉꾼이다. 황소로 둔갑해 에우로파를, 백조로 변해 레다를, 심지어는 금빛 비(雨)로 둔갑해 다나에를 범한다.

청년이 된 이아손이 이올코스로 돌아갈 때의 일이다. 그는 개울가에서 노파로 둔갑한 헤라 여신을 만난다. 노파는 이아손의 등에 업혀 개울 건너기를 원했다. 이아손은 노파를 업고 물이 얕은 곳을 찾아 건넌다. 그런데 등에 업힌 노파가 천근만근이다. 당연한 일. 여신도 신인데 가볍겠는가. 여울목은 생각보다 깊고 넓어 가도 가도 끝이 없다. 이아손은 미끄러운 돌을 밟고 비틀거리다 한쪽 신을 잃는다. 노파가 호통 친다. "이렇게 좁은 개울에서도 비틀거리는 놈이 무슨 수로 왕위를 얻겠다는 거냐." 간신히 건너편에 이르니 노파는 종적이 없다. 이올코스에 들어가자 아이들이 놀면서 이런 노래를 부른다.

"모노산달로스(외짝 신을 신은 자)가 와서 이올코스의 왕이 된다네…."

이아손과 그리스의 영웅들의 모험기가 「아르고나우티카(Argonautika)」다. 이 모험기는 고대 그리스 사람들의 인기를 끌었다. 기원전 8세기 호메로스 시대에도 있었다. 여러 버전이 서사시로 낭송되었다. 기원전 3세기 아폴로니우스가 쓴 서사시가 가장 잘 정리된 모양을 갖추고 있다. 「아르고나우티카」를 다른 신화와 비교해 읽으려면 조금 뻑뻑하다. 아귀가 들어맞지 않는 곳이 한두 곳이 아니다.

원정대의 면면은 '그리스 전역'이 아니라 시간을 초월한 '올 타임 베스트 50' 같은 느낌을 준다. 이아손 자신은 물론이고 헤라클레스와 테세우스, 아폴론의 아들로 음악의 명인인 오르페우스, 역시 아폴론의 아들이며 의술의 명인인 아스클레피오스, 여전사인 아탈란타, 아레스의 두 아들인 아스칼라포스와 이알메노스, 트로이 전쟁의 영웅인 네스토르, 바람의 신의 아들인 제테스와 칼라이스, 제우스의 아들들인 카스토르와 폴리데우케스 등을 망라했다.[1]

이아손은 고난 끝에 흑해 저편의 콜키스에 닿았다. 그러나 황금양피를 간단히 손에 넣을 수는 없다. 콜키스의 왕 아이에테스는 이런 저런 조건을 내걸어 이아손을 시험한다. 입에서 불을 내뿜는 황소로 밭을 갈고, 거기에 용의 엄니를 뽑아 뿌리라는 식이다. 이아손은 과제를 풀어내고 황금양피를 손에 넣는다. 혼자 힘으로는 불가능했다. 콜키스의 공주 메데이아가 도와주지 않았다면 어림없었다. 원래 영웅담에는 아버지나 동족을 배신한 공주의 이야기가 곧잘 등장한다. 테세우스에게는 아리아드네가, 호동왕자에게는 낙랑공주가 있듯이.

메데이아는 이아손에게 첫눈에 반했다. 그녀는 황금양피를 얻도록 도와줄 테니 이올코스로 돌아갈 때 자신도 데려가서 결혼해 달라고 했다. 이아손이 마다할 이유가 없다. 메데이아는 마법도 부렸던 모양이다. 이아손은 메데이아의 지혜와 마법 덕분에 아이에테스 왕의 과제를 모두 해결하고 황금양피도 손에 넣는다. 여기까지는 좋았다. 그러나 이아손은 이제부터가 진짜 시작이라는 사실을 알아야 했다. 메데이아는 보통 여자

프레데릭 샌디스, 「메데이아」

가 아니었던 것이다.

「아르고나우티카」는 매우 복잡한 이야기를 담고 있다. 황금양피가 지니는 상징성, 다양한 인물 구성, 지금도 미스터리로 남아 해석과 재구성에 어려움을 초래하는 아르고 호의 항로⋯. 그래서 "그리스 본토와 소아시아의 신흥 폴리스가 (그 당시에는 서양 문명 세계의 전부였을 수도 있는) 지중해 동부의 패권(또는 이권)을 놓고 건곤일척의 전쟁을 치렀다." 정도로 해석되는 트로이 전쟁 신화와는 비교할 수 없을 만큼 다양한 스토리군(群)을 형성하고 있다. 그러나 어떤 이야기도 메데이아만큼 시선을 사로잡지는 못한다.

여자이야기

메데이아

그리스 로마 신화에는 사랑 때문에 조국과 아버지를 배신한 여성이 세 명 등장한다. 미노스를 돕는 스킬레, 테세우스를 돕는 아리아드네, 이아손을 돕는 메데이아다. '모든 것을 거는' 사랑, 운명이 그들을 움직였다. 이들 가운데 메데이아는 '최고의 악녀'로 꼽힌다. 그는 조국과 아버지를 배신했을 뿐 아니라 동생을 토막 쳐 죽였고 급기야는 자식들의 목숨까지 빼앗았다. 메데이아의 이미지는 에우리피데스(기원전 480~406년)의 손길을 거쳐 픽사티브를 뿌린 파스텔화처럼 선명하면서도 강렬하게 남아 오늘날까지 전해진다.

에우리피데스와 아이스퀼로스, 소포클레스를 고대 그리스의 3대 비극작가라고 한다. 에우리피데스는 살라미스에서 태어나 아테네에서 활동했다. 아낙사고라스에게서 배우고 프로타고라스, 소크라테스와 사귀었다. 성격이 까칠해서 주위와 교류가 잦지 않았다. 살라미스 섬에 있는 동굴에 들어앉아 바다를 바라보며 사색하며 글을 읽고 썼다. 죽은 곳은

안젤름 포이어바흐, 「메데이아」

여자이야기

마케도니아다. 기원전 407년 아르켈라오스 왕의 궁전에 불려가 작품을 몇 편 남겼다. 젊을 때 레슬링이나 복싱을 했다고 한다. 그러나 그는 「아우톨리코스」에서 직업 경기자를 '무능한 자', '대식(大食)의 노예'라고 비판했다.

에우리피데스는 인간의 고뇌를 깊이 이해하고 동정했다. 그의 작품에 등장하는 인물들은 운명이나 신의 뜻에 순순히 따르지 않는다. 인간다운 지성과 합리성으로 이 세상의 복잡 미묘함을 드러낸다. 특히 여성 심리를 묘사하는 기법은 고대작가 중에 에우리피데스를 능가할 사람이 없다. 대사(臺辭)의 간명함과 인간성에 대한 깊은 통찰이 후세에 많은 독자를 매혹시켰다. 아리스토텔레스는 "소포클레스는 이상적인 인간을 그렸고 에우리피데스는 인간 그대로를 그렸다."고 했다. 그는 『시학』에 에우리피데스야말로 '가장 비극적인 시인'이라고 썼다.

에우리피데스의 작품 19편이 전한다. 「이온」이 가장 뛰어난 작품으로 평가받는다. 아테네 왕 에렉테우스의 딸 크레우사와 그녀가 아폴론 사이에 낳아서 버린 자식 이온의 기묘한 재회와 화해 이야기다. 「메데이아」는 에우리피데스 생전에 크게 빛을 보지는 못했다. 현대에 이르러 메데이아라는 주인공의 강렬한 캐릭터와 더불어 다양하게 재해석되고 있다. 메데이아는 냉철하고 행동에 주저함이 없다. 그녀의 총기를 감당하지 못한 이아손은 자주 불평한다.

"늘 모든 걸 나보다 더 잘 알고 있구려. 생각 좀 그만할 수 없소?"

이아손은 메데이아 덕에 콜키스에서 황금양피를 훔쳐 무사히 탈출

한 처지다. 우리는 콜키스 왕 아이에테스가 내건 과제가 얼마나 어려운지 안다. "입에서 불을 내뿜는 황소로 밭을 갈고, 거기에 용의 엄니를 뽑아 뿌려라." 메데이아는 공주이자 마녀다. 이아손에게 약물을 주어 온몸에 바르게 했다. 약물은 이아손을 황소의 불길에서 하루 동안 보호해 주었다. 용의 엄니를 뿌리자 전사(戰士)들이 땅에서 솟아났다. 메데이아는 커다란 돌을 던져 물리치라고 알려주었다. 황금양피를 지키는 용은 메데이아가 직접 약을 먹여 재웠다.

이아손과 메데이아는 아르고 호를 함께 타고 콜키스를 떠났다. 아이에테스는 아들 압시르토스를 앞세워 추격한다. 메데이아의 동생이다. 그녀는 협상을 하자며 동생을 유인한다. 이아손이 동생을 죽이자 토막 내바다에 뿌린다. 아이에테스는 아들의 시신을 수습해 장례를 치러야 하니 더 이상 아르고 호를 추격할 수가 없다. 메데이아가 처음 악녀의 모습을 드러낸 장면이다. 하지만 이건 시작에 불과하다.

이올코스에 돌아온 이아손은 약속대로 메데이아와 결혼했다. 아들도 둘이나 낳았다. 그러나 황금양피를 가져오면 왕위를 물려주겠다던 펠리아스는 입을 싹 씻었다. 이런저런 구실을 늘어놓으며 권좌를 지키려 든다. 메데이아는 이아손을 위해서라면 물불을 가리지 않는 여자. 마법을 사용해 생물을 젊게 만드는 약물을 만든다. 그리곤 펠리아스의 두 딸을 부른다. 그들이 보는 앞에서 늙은 양 한 마리를 토막 내 솥에 넣고 삶으니 새끼 양이 되어 나온다. 메데이아가 펠리아스의 딸들을 꾄다. 아버지를 젊게 해 드리라고.

여자이야기

효성이 지극한 딸들은 메데이아가 시키는 대로 했다. 그러나 메데이아는 약물을 쓰지 않는다. 펠리아스는 죽었다. 그래도 이아손은 이올코스의 왕이 되지 못했다. 원로회의는 새 왕으로 펠리아스의 아들 아카스토스를 뽑았다. 큰일 났다. 메데이아가 죽인 왕의 아들이 새 왕이 됐으니. 이아손은 가족을 거느리고 이웃나라 코린토스로 달아났다. 그런데 코린토스의 왕 크레온이 이아손을 반긴다. 그에게는 아들이 없다. 이아손을 후계자 감으로 점찍고 딸 글라우케와 결혼하기를 권했다. 이 제안에 이아손이 휘청했다.

이아손의 마음을 읽은 크레온은 서두른다. 메데이아에게 즉시 코린토스를 떠나라고 명령했다. 관용을 베풀었다가 나중에 후회하느니 지금 원망을 사는 것이 낫다면서. 메데이아는 하루만 시간을 달라고 사정한다. 갈 곳을 정하고 자식들을 건사할 수 있게 해 달라고. 크레온은 마음이 약해져 다음날 해가 뜰 때까지 코린토스에 머물 것을 허락했다. 메데이아는 복수할 계획을 짠다. 그녀가 떠나야 할 시간이 다가오자 이아손이 나타났다. 그리곤 말 같지도 않은 이야기를 늘어놓는다. 재산을 나누어주고 궁핍하지 않도록 뒷받침하겠다고. 메데이아는 분노한다.

"내가 당신을 구했어요. 불을 내뿜는 황소에 멍에를 얹도록 일러주고, 죽음의 밭에 씨를 뿌릴 때도 방법을 일러주고, 잠들지 않는 용에게서 황금양피를 훔치도록 도왔단 말이에요. 나는 철없이 열정에만 불타서 아버지와 고국을 버리고 펠리온 산을 지나 이올코스까지 당신을 따라갔어요. 나는 딸들을 시켜 가장 지독한 방법으로 제 아비인 펠리아스 왕을 죽이게 했고 그들의 가문을 멸망시켰어요. 당신을 위해 이 모든 일을 했는데, 나를 배신하고 새장가를 든다니. 자식까지 낳았건만!"

그녀는 묻는다. "갈 데도 없고 고향에 미움을 샀으며 당신 때문에 모두가 내 적이 되었다. 이토록 가련한 여인을 아이들만 딸려 쫓아내니, 거지꼴을 하고 어디로 가란 말이냐." 답을 들을 생각이 아니다. 순순히 물러나지 않겠다, 그냥두지 않겠다는 으름장이다. 이아손은 감도 못 잡고 횡설수설한다. "(공주와의 결혼은) 우리가 잘살고 궁하지 않기 위한 유일한 방법이다. 가난한 사람은 친구들도 모두 피해버린다는 것을 나는 잘 알고 있다."면서. 메데이아 앞에서 이따위 말을 하고도 무사할 수는 없다.

죽음의 볼레로

조국과 아버지를 배신하고 동생을 토막 쳐 바다에 던져가며 이아손을 따라 나선 메데이아. 그러나 이제 남편에게 버림받고 갈 곳조차 없는 여인. 메데이아의 상심과 분노는 참혹한 결과로 치닫는다. 메데이아는 죽음의 사자가 되어 버렸다. 다 죽인다. 남편의 새 아내가 되려는 여인 글라우케, 그의 아버지 크레온, 이아손과 사이에 낳은 두 아들까지.

독자도 알다시피 메데이아는 마녀다. 사람을 살리는 약, 젊게 만드는 약, 잠에 취하게 만드는 약을 다 만들 수 있다. (이아손으로 하여금 자신만을 사랑하게 만드는 약은 왜 만들지 않았을까.) 이번에는 정말 치명적인 독을 만든다. 집안의 가보로 내려오는 예복과 황금 장식이 달린 관에 독을 바른 다음 어린 두 아들을 시켜 신부에게 보낸다. 코린토스에서 살게 해주기를 청하는 선물이라며. 글라우케는 의심하지 않고 예복을 걸치고 황금 장식 달린 관을 머리에 쓴다. 아뿔싸! 그 순간 옷에 스민 독이 핏줄에 스미고 머리띠에서 일렁이는 뜨거운 불길이 공주의 온몸을 뒤덮는다. 글라우케는 고통스럽게 숨을 거둔다. 에우리피데스가 전하는 그녀의 죽음은 참혹하기 그지없다.

"아름다운 자태는 간 곳 없고 몰골은 처참하게 뒤틀렸으며 뭉그러진 골에서는 불길이 솟아오르고 핏물이 뚝뚝 흘러내리고 있었습니다. 살덩이는 송진이 흘러내리듯 독약 기운에 녹아 뼈에서 떨어져 나갔습니다."

코린토스 왕가의 비극은 여기에서 그치지 않는다. 크레온이 뛰어들어 딸의 시신을 안고 입을 맞추며 통곡한다. 그가 간신히 정신을 수습하고 몸을 일으키려 하나 공주를 감싼 예복이 들러붙어 떨어지지 않는다. 무릎을 일으켜 세우려 해도 딸의 시신은 아버지를 놓지 않는다. 억지로 떼려 하자 크레온의 살점이 떨어져 나간다. 마침내 그의 두 눈에 어둠이 드리우고, 아버지와 딸의 시신이 도살장과도 같은 아수라 속에 나뒹군다.

메데이아의 복수는 여기가 끝이 아니다. 그녀는 이아손과 사이에서 낳은 두 아들마저 죽이기로 작정했다. 인간으로서 왜 고통스럽지 않겠는가. 메데이아는 자신에게 말한다. "그 애들은 죽을 수밖에 없다. 망설이면 나보다 더 야만스런 자의 손에 죽을 것이다. 어차피 죽어야만 한다면 그들에게 생명을 준 내 손으로 죽이는 편이 낫다." 글라우케와 크레온의 죽음에 경악한 이아손이 왕가(王家)의 징벌이 미칠까 두려워 두 아들에게 달려간다. 그가 집에 도착했을 때, 문지방 아래 선혈이 낭자하다. 이아손은 메데이아를 저주한다.

"오, 악독한 여자여, 네 스스로 낳은 자식들에게 칼을 대다니? 나마저 죽여라!"

메데이아는 지지 않고 퍼붓는다. 차가운 미소를 머금은 채.

"내 결혼이 짓밟혀 모멸당하고 당신네들은 축복받으며 사는 꼴은 못 보겠어요. 아비의 오만과 욕정이 애들을 죽였어요. 그 애들은 어머니를 사랑했지만 당신에게 고통을 주기 위해 죽어간 거예요. 나는 할 일을 했을 뿐이에요. 사랑을 빼앗기는 일이 여자에게 사소한 일이라고 생각하나요? 당신에게는 무가치한 죽음이 어울릴 테니 아르고의 뱃전에 머리를 부딪쳐 죽는 게 낫겠군요."

신화 속의 인물 가운데 남녀를 통틀어 메데이아만큼 강렬한 포스를 뿜어내는 캐릭터를 찾기 어렵다. 하지만 메데이아도 처음부터 자식을 살해한 악한 어미의 상징은 아니었다. 에우리피데스의 작품이 발표되기 전에 기록된 그리스 문헌에는 코린토스 인들이 글라우케와 크레온의 죽음에 복수하기 위해 메데이아의 아이들을 살해했다고 나와 있다. 메데이아가 아이들에게 영원한 생명을 주기 위해 죽여서 헤라 신전에 바쳤는데 살려내지 못했다는 이야기도 있다.

신화 속의 메데이아는 사뭇 신비로운 여성이다. 고대 서정 시인들은 메데이아를 헬리오스의 아들 아이에테스의 딸로 찬양했다. 핀다로스는 메데이아를 단순히 마법에 정통한 이방인이 아니라 여신이자 여왕이며 콜키스의 여주인이라고 표현했다. 에우리피데스 또한 그녀가 누구보다도 탁월한 지혜를 가졌으며, 모든 남성이 때로는 두려움을 때로는 경외심을 느꼈다고 말한다. 대체로 그리스 고대 제의나 초기 문헌들은 그녀를 신적인 존재로 보고 있다. (장영란)

에우리피데스보다 더 오래된 기록을 보면, 메데이아는 원래 여신이자 사제이며 치료사였다. 의학(medecine)이라는 단어가 메데이아(Medeia)에서 왔다고 한다. 그런 그녀가 어쩌다 그리스 최고의 악녀로 전락했는가. 모계 사회에서 부계 사회로 이행하는 과정에서 발생한 왜곡 때문이다. 1970년 이후 일기 시작한 여성 해방 운동은 메데이아를 가부장제의 희생양으로 보는 새로운 시각을 제공했다. 이러한 관점에서 메데이아의 본질을 복원하려는 시도도 있었다. 이 관점은 메데이아가 조국과 가족을 배신하고 자식들의 숨을 끊은 악녀로 묘사되고 있음에도 불구하고 그러한 행동을 강요한 외부의 정황도 함께 기술하고 있음을 지적한다. (박한표)

이아손의 배신과 메데이아의 무자비한 살육 사이에 에피소드 하나가 끼어든다. 아테네의 왕 아이게우스가 델포이의 신탁을 받으러 갔다가 돌아오는 길에 코린토스에 들른다. 메데이아는 아이게우스를 만나 신탁소에 간 이유를 물었다. 아이게우스는 자식을 얻기 위해서라고 했다. 메데이아는 남편의 배신으로 내일이면 추방되는 처지를 한탄하며 그의 나라에서 받아주기를 청했다. 그의 자식을 낳아주겠다는 약속도 했다. 아이게우스는 그녀의 미모와 설득에 넘어갔다. 그러나 메데이아를 코린토스에서 데려갈 수는 없으니 스스로 찾아오라고 일렀다.

메데이아는 신들의 도움을 얻어 코린토스를 떠난다. 아테네에서 기다리던 아이게우스가 그녀를 아내로 삼았다. 둘 사이에 아들 메도스가 태어났다. 불행 끝, 행복 시작인 줄 알았지만 메데이아의 시련은 끝나지 않았다. 그리스 신화의 대표급 영웅인 테세우스가 아테네에 나타난 것이다. 테세우스가 누구인가. 미노스의 미궁에 뛰어들어 사람을 잡아먹는 소대가리 괴물 미노타우로스를 때려잡고, 그 나라의 공주 아리아드네가 풀어준 실마리에 의지하여 유유히 사지에서 빠져나온 그 사내다. 문제는 테세우스가 아이게우스의 아들이라는 사실. 아이를 얻으려고 신탁소를 찾아다닌 아이게우스에게 웬 아들이냐고? 그리스 신화 속의 영웅들에게는 대개 출생의 비밀이 있다.

아비찾기

테세우스가 아테네에 있는 주민 센터에 가서 가족관계증명서를 뗀다면? '아테네의 왕 아이게우스와 트로이젠의 공주 아이트라의 딸'이라고 적혔을 것이다. 호적상 그렇단 얘기다. 그리스 신화 속의 영웅 치고 양친 가운데 한 쪽이 신(神)이 아닌 경우가 드물어서 그렇다. 아이트라가 아이게우스와 함께 밤을 보낸 다음 테세우스를 임신했음은 분명해 보인다. 그런데 '테세우스의 진짜 아버지는 바다의 신 포세이돈'이라는 풍문이 나돌고 있는 것이다. 유전자 검사를 해볼 수도 없고…. 사연을 살피자.

아이게우스 왕은 결혼한 지 여러 해가 지나도록 아들이 없었다. 그의 첫 아내는 아티카 귀족의 딸 메타였고 둘째 아내는 클리메노스의 딸 칼키오페였다. 두 번 결혼하고도 상속자를 얻지 못한 아이게우스는 파르나소스 산허리에 있는 델포이의 아폴론 신전을 찾아 신탁을 구했다. 델포이의 신탁은 언제나 모호하기 짝이 없다. 노스트라다무스의 예언이 더 딱 부러져 보일 정도다. 아이게우스가 들은 신탁은 이랬다.

"왕이시여, 아테네에 도착하기 전까지는 술 주머니를 풀지 마시오."

뭔 소린지 도무지 알 수 없는 신탁을 받아든 아이게우스는 아테네로 돌아가는 길에 변방의 소국 트로이젠을 방문했다. 트로이젠의 왕 피테우스는 아이게우스를 융숭하게 대접했다. 이 자리에 질 좋은 포도주가 빠졌을 리 없다. 피테우스는 진탕 들이키고 정신을 잃은 아이게우스의 잠자리에 아이트라 공주를 들여보냈다. 다음날 아침 정신이 든 아이게우스는 옆자리에 누운 여인을 보고 소스라치게 놀랐다. 플루타르코스의 「영웅전」에 따르면 아이게우스는 그때까지 아이트라가 피테우스의 딸인 줄도 모르고 있었다. 그녀가 아이를 가진 사실도 나중에야 알았다.

아이게우스는 트로이젠을 떠나기 전에 칼과 가죽신을 큰 돌 밑에 숨겨 놓고 공주에게 일렀다. 장차 태어날 아이가 아들이고, 그 아들이 이 돌을 들어 올릴 만큼 자라거든 돌 밑에 숨겨둔 물건을 꺼내 가지고 아무도 모르게 자신을 찾아오게 하라고. 그때 이 칼과 가죽신을 징표로 삼겠다고. 아이트라는 아들을 낳아 그 이름을 테세우스라고 하였다. 테세우스는 '돌 밑에 감추어 두었다.'는 뜻이다. 아들이 청년으로 자라자 공주는 아버지의 당부를 전해 주었다. 테세우스는 곧 아버지가 남긴 칼과 가죽신을 챙겨 들고 아테네를 향해 길을 떠났다.

여기서 잠깐. 지금까지의 이야기를 종합하면 테세우스는 아이게우스의 아들임이 분명하다. 그런데 그의 아버지가 포세이돈이라는 풍문은 어디서 나왔는가. 아이게우스는 술에 떡이 되어 눈치 채지 못했지만, 사실은 그날 밤 포세이돈도 아이트라의 침실을 찾았다는 것이다. 아이트라

공주도 자신과 사랑을 나눈 남자가 아테네 왕 아이게우스라고만 생각했다. 그러나 그리스 신화를 꼼꼼히 뒤져도 포세이돈이 양심선언 같은 걸 했다는 대목은 없다. 일단 여기까지.

테세우스가 아테네에 나타나자 (「영웅전」에서는 신화와 조금 다르게 메데이아가 아들을 낳기 위해 노력하던 중에 테세우스가 아테네에 도착한다. 메도스는 아직 없다.) 메데이아는 그가 아이게우스의 아들임을 한눈에 알아본다. 테세우스가 자신과 아들의 지위를 위협하는 존재라는 사실도. 그녀는 테세우스의 정체가 드러나면 아들 메도스가 아테네의 왕이 될 수 없다고 생각했다. 순순히 물러날 메데이아가 아니다. 아이게우스의 세 번째 부인은 왕의 맏아들 테세우스를 없앨 궁리를 한다. 늙은 아이게우스는 아직 아들을 알아보지 못했다.

메데이아는 테세우스가 위험한 인물이니 없애야 한다고 아이게우스를 설득한다. 메데이아의 작전은 이랬다. 먼저 아이게우스가 잔치를 열어 테세우스를 초청한다. 메데이아는 테세우스에게 독을 탄 술을 먹여 목숨을 빼앗는다. 하지만 테세우스가 괜히 영웅인가. 쉽게 죽지 않는다. 잔치에 참석한 테세우스는 아버지 앞에서 칼을 뽑아 고기 자르는 시늉을 한다. 그 순간 아이게우스는 칼과 가죽신의 주인을 대번에 알아본다. 아버지는 독이 든 잔을 치워버리고 아들을 부둥켜안는다. 아이게우스는 아테네 시민들 앞에서 테세우스를 자신의 후계자로 선포하였다.

테세우스의 탄생과 성장, 아이게우스와의 상봉은 '아비 찾기'의 전형으로 읽힌다. 아비 찾기란 주로 문학에서 논의되는 개념으로 사생아 모티프의 변형이기도 한데, (박기수) 고대 건국신화에서부터 현재의 대중매체에 이르기까지 아버지는 절절한 그리움의 대상으로, 우리의 가슴속에 깊이 존재하는 자신의 뿌리와 같은 인물이다. 그렇기에 아버지가 부재한 인물에게 아비 찾기는 자신의 일생을 두고 풀어야 할 숙제가 된다. 우리 신화나 고소설 가운데 아비 찾기의 이야기가 나오는 대표적인 사례로 「주몽신화」 「유리태자」 「당금애기」 「바리공주」 「홍길동전」 등을 들 수 있다. (탁현숙)

아이게우스와 테세우스의 일은 잘되었다. 그러면 메데이아와 메도스의 운명은 어떻게 풀렸는가. 왕의 맏아들을 죽이려던 계획이 실패로 돌아간 다음 메데이아는 추방령을 받았다. 이번에는 큰일을 벌이지 않고 조용히 물러난 것 같다. 메데이아는 메도스를 데리고 고국인 콜키스로 돌아갔다. 아버지 아이에테스가 살아 있었지만 친형제이자 타우리스의 왕인 페르세스에게 왕위를 빼앗기고 쫓겨난 처지였다. 메데이아는 마법을 사용해 페르세스를 죽이고 아이에테스를 복위시켰다.

메데이아의 삶을 송두리째 뒤흔든 폭풍의 시간은 서서히 저물어갔다. 아이에테스가 죽은 뒤 메도스가 왕위를 이었다. 메도스는 국명을 콜키스에서 메디아로 바꾸었다. 메데이아의 최후에 대해서는 시원한 설명을 찾기 어렵다. 전승에 따르면 메데이아가 죽은 다음 영혼들이 머무르는 축복의 땅 엘리시온에 들어가 영웅 아킬레우스와 맺어졌다고도 한다. 그러나 그리스 신화에는 엘리시온으로 가서 아킬레우스와 결혼했다는 여인이 수없이 등장한다. 헬레네, 이피게네이아, 폴릭세네 등.

아비찾기

나는 지금까지 에우리피데스의 비극과 플루타르코스의 「영웅전」, 그리고 그리스 신화를 두루 살펴 메데이아의 이야기를 해왔다. 그녀를 일컬어 고대 그리스 최고의 악녀라고 했지만, 메데이아의 사정을 다시 살펴야 한다는 주장에도 귀를 기울일 필요가 있다. 그녀의 삶을 막장으로 몰아넣은 사내들은 하나같이 (특히 여성의 관점에서 볼 때) 찌질하거나 부도덕하고 몰염치했다. 이아손은 전형적인 사례에 속하고, 영웅이라는 테세우스도 나을 것 없는 인간이다. 아이게우스도 권력을 승계할 아들을 얻고자 점집을 전전한 늙은 권력자에 불과하다.

크리스타 볼프

고주프 비엘코폴스키는 폴란드 북서쪽, 루부스키에 주의 주도(州都)이다. 바르타 강을 끼고 발달한 도시다. 1257년 독일 브란덴부르크의 후작들이 점령한 비엘코폴스카 지역에 세워진 한 성에서 비롯되었다고 한다. 14세기와 15세기에 걸쳐 상업도시로 번영했다. 30년 전쟁(1618~48) 때 폐허가 되었다가 재건되어 18세기 이후 직물공업의 중심도시가 되었다. 1945년까지는 독일 땅이었다. 란츠베르크 안 데어 바르테라고 불렸다. 바르테 강변의 란츠베르크라는 뜻이다.

독일의 여성 소설가 크리스타 볼프가 1929년 3월 18일 이 도시에서 태어났다. 아직 독일 영토일 때다. 제2차 세계대전이 끝난 뒤 가족을 따라 메클렌부르크로 이주했다. 구동독 지역으로, 2005년 11월 22일부터 2021년 12월 7일까지 독일 총리로 일한 앙겔라 메르켈이 성장한 곳이다. 볼프는 예나대학교와 라이프치히대학교에서 독일문학을 공부한 다음 출판사 편집자로 일하다가 1961년 『모스크바 이야기』를 발표하면서 작가의 길에 들어섰다. 1963년 분단체제를 다룬 소설 『나누어진 하늘』을 발표하여 서독에서도 명성을 얻었으며, 1968년작 『크리스타 T에 대한 추념』으로 동독을 대표하는 작가가 되었다.

볼프는 독일이 통일된 뒤에도 『남은 것』(1990), 『메데이아』(1996) 등 뛰어난 작품들을 발표했다. 여기에서는 볼프의 작품 가운데 『메데이아』를 살펴보겠다. 왜냐하면 우리는 아직 메데이아의 이야기를 끝내지 못했으니까. 그리고 볼프는 그리스 신화 속의 악녀 메데이아를 바라보는 또 다른 시각을 제공하기에. 볼프가 쓴 『메데이아』의 원래 제목은 '메데이아 : 목소리들(Medea : Stimmen)'이다. 우리말 번역본도 나왔다. 우선 1997년 5월에 김인순이 번역해 청양출판사에서 낸 『메데아』가 있다. 2005년 9월 김재영이 번역해서 황금가지출판사에서 낸 『메데이아, 또는 악녀를 위한 변명』도 있다.

김용민은 독일어 논문 「메데아 신화의 변형-에우리피데스와 크리스타 볼프 메데아의 공통점과 차이점」에서 메데이아의 이야기를 '오랜 세월동안 수많은 예술가와 작가의 관심을 끈 신화'로서 '너무도 강렬하고 충격적이다.'라고 썼다. 그렇기에 "지난 2000년 동안 수많은 유럽의 예술가들이 신화를 자신만의 방식으로 해석하여" 메데이아를 창조했다는 것이다. 특히 메데이아 신화를 변형하여 새로운 메데이아를 만들어내는 전통의 창시자 에우리피데스는 "유럽의 문학과 예술에서 가장 강렬한 여인상을 창조해 내었다."는 것이 김용민의 평가다. 메데이아 신화는 20세기 후반 들어 많은 작가들이 소재로 삼아 '메데이아 붐'을 일으켰다.

크리스타 볼프의 『메데이아』도 그 중 하나다.

> 볼프의 메데이아는 거의 모든 점에서 에우리피데스의 메데이아와 상반된 인물처럼 보인다. 볼프는 자신의 소설에서 지금까지 메데이아에게 덧씌워졌던 모든 살인혐의를 부정하고 그 어떤 죄도 없는 순수한 메데이아를 창조해냈다. 이아손에 대한 사랑 때문에 조국을 배반하고 떠난 것이 아니라 아버지가 자신의 권력을 유지하기 위해 아들을 희생시키는 것을 보면서 스스로 콜키스에 등을 돌린 것이며, (중략) 물론 자신의 아이들을 죽이지도 않았다. 이모든 것이 메데이아를 코린토스에서 제거하기 위해 위정자들이 꾸민 거짓 소문과 선동에 의해 조작된 혐의임을 볼프는 소설에서 그리고 있다.

김용민의 지적처럼 에우리피데스와 볼프의 메데이아는 너무도 달라 같은 신화에서 나온 인물이라 부르기 힘들 정도이다. 볼프는 남성적 위계질서 속에서 형성된 메데이아의 이미지를 거부한다. 인류학적 통찰을 통해 여성과 남성의 권력 이양 과정에서 희생된 총명한 한 여인의 이야기를 써내려간다. 그러나 볼프의 메데이아는 자의식이 강하고 독립적이며, 똑똑하다는 면에서 에우리피데스의 메데이아와 크게 다르지 않다. 그리스 신화의 영웅인 이아손보다 능력이 뛰어나고, 어떤 남성보다 현명하고 자유롭다. 에우리피데스의 메데이아는 이아손의 배신뿐 아니라 그리스 여성에 대한 부당한 대우도 신랄하게 비판한다. 남성 중심적 사회

질서에 문제를 제기하는 도전적인 여성이다.

　독문학자 조성희도 볼프의 소설을 "에우리피데스 이래 메데이아에게 덮어 씌워진 희대의 악녀라는 오명을 씻어내고 그녀를 가부장적 질서가 지배하는 남성 중심 사회의 희생양으로 그리고 있는 작품"으로 읽어낸다. 그는 「트라우마와 치유의 관점에서 본 크리스타 볼프의 『메데이아·목소리들』」에서, 볼프의 작품에는 "지배세력의 권력 유지를 위해 폭력에 희생당하고 고통 받는 인물이 여럿 등장하는데 이들의 관점에서 보면 볼프의 『메데이아』는 트라우마의 이야기이기도 하다. 작가는 메데이아 신화를 재해석하면서 (중략) 자신의 열정과 복수를 위해 남의 목숨을 빼앗는 파괴자가 아니라 아픈 사람을 돌보고 타인의 생명을 구하는 치유사로 재창조한다."고 썼다.

　다시 김용민을 인용하자면, 그가 에우리피데스와 볼프의 메데이아에서 이방인의 운명이라는 공통점을 추출한 점을 주목하지 않을 수 없다. 메데이아는 그리스 밖에서 온 야만인이자, 외국인이며 망명자이다. 메데이아는 배제되고 추방되는 이방인과 국외자의 운명을 보여준다. 이 같은 이해는 볼프의 집필의도로부터 멀리 떨어져 있지 않다. 장영은은 경향신문에 기고한 칼럼 「여성, 쓰고 싸우고 살아남다」에서 볼프를 인용하였다. 읽다 보면 볼프의 음성이 가시가 되어 목구멍에 걸린다. 신화가 위대한 이유는 '현재'의 이야기이며 바로 '나-우리'의 이야기라는 데 있다.

　"동독 시절에 저는 점점 더 큰 규모의 그룹을 배제시키며 자신의 포용 능력을 점점 더 많이 잃어가는 국가가 어디로 빠져드는지 보았습니

　　　　　　　　　　　　　　　　　　　　　여자이야기

다. 이제 더욱 커진 독일연방공화국에서 우리는 점점 더 많은 그룹의 사람들이 사회적, 인종적 그리고 그 밖의 다른 이유로 쓸모없이 되어가는 것을 경험하고 있습니다. 그것은 처음에 통일 과정에서 동독의 특정한 그룹 사람들에게 방어태세를 취하면서 시작되었지요. 낯선 것에 대한 이러한 배제는 우리 문화의 전 역사를 관통하고 있습니다. 불안을 야기하는 여성적 요소를 배제하는 일이 늘 있었습니다."

사랑에 빠진 공주

그리스 신화의 영웅이란 자들에게는 공통점이 있다. 우선 신(神)이 그들의 운명에 개입한다. 신탁의 형태로 영향을 미치는 경우도 있고 혈연관계인 경우도 있다. 그리스 신화 세계의 첫 영웅이랄 수 있는 페르세우스는 제우스가 황금의 비로 둔갑해 범한 다나에의 아들이다. 그리스 신화 최고의 영웅 헤라클레스는 제우스가 페르세우스의 후손인 알크메네와 결합하여 얻은 아들이다. 아이게우스의 아들 테세우스는 델포이의 신탁과 관련 있지만 바다의 신 포세이돈이 생부일 가능성도 있다.

태생이 이렇다 보니 기구한 운명은 정한 수순이다. 운명이 기구하기로 슈퍼스타 헤라클레스를 따라갈 자가 없다. 제우스의 정실인 헤라가 눈이 시퍼렇게 살아 있는데 인간 여성과 정을 통해 낳은 아이를 가만 놔두었겠는가. 갓난아기일 때 벌써 뱀 두 마리를 보내 그 목숨을 노리지 않았는가. 헤라클레스 영웅담의 하이라이트는 대부분 '열두 가지 과업'으로 집약되는 그의 시련기(試鍊記)이다. 우리가 유럽 어디를 여행하든 예술작품으로 구현된 헤라클레스의 이미지와 만난다. 그는 어디에 가든 있다. 그림으로 조각으로 전설로….

살짝 옆길을 들여다보자면, 사실 진짜 스타(?)는 제우스다. 여신들은 물론 인간 중에서도 괜찮다 싶은 처자는 모조리 유혹해서 수많은 자식을 얻었다. '올림포스의 돈 조반니'. 꾀어서 되지 않으면 속여서라도 욕심을 채웠다. 황소로 둔갑해 페니키아의 공주 에우로파를, 백조로 변신해 스파르타의 왕비 레다를, 황금비로 몸을 바꾸어 아르고스의 공주 다나에를 임신시켰다. 그 후손들이 이리저리 자손을 퍼뜨리는 통에 신과 인간 세계의 혈통이 뒤죽박죽됐다. 현대의 인간 세상이 이토록 엉망인데는 다 이유가 있다.

영웅의 기구한 운명은 죽음의 순간까지 계속된다. 헤라클레스는 고통스럽게 죽었다. 죽음의 순간보다 그로 하여금 죽음을 선택하도록 한 생전의 고통이 더 컸다. 일찍이 그는 아내 데이아네이라를 겁탈하려던 네소스를 활을 쏘아 죽였다. 반인반마(半人半馬)의 네소스는 죽으면서 헤라클레스의 아내에게 '사랑의 묘약'이라며 자신의 피를 준다. 하지만 그 피에는 헤라클레스의 화살촉에 바른 히드라의 독이 퍼져 있었다. 신화 세계의 독은 무섭다. 메데이아가 한 차례 시범을 보이지 않았는가. 코린토스의 왕 크레온과 공주 글라우케를 상대로.

훗날 헤라클레스는 오이칼리아에 원정을 가서 전리품으로 아름다운 공주 이올레를 얻는다. 아름다운 여성이 전리품이 되는 경우는 허다하다. 작가 박신영은 "트로이 신화에 나오는 브리세이스도 약탈당하여 성노예가 된 여성"이라고 짚었다. 남편의 사랑을 잃을까 두려웠던 데이아네이라는 네소스의 피, 곧 히드라의 독을 바른 옷을 남편에게 입힌다. 독은 삽시간에 헤라클레스의 온몸에 퍼졌다. 고통을 이기지 못한 헤라클레스는 자신의 몸을 고통과 더불어 불살라 버리기로 결심한다. 결국 스스로 이글이글 타오르는 장작더미에 올랐던 것이다.

그리스의 신화를 지배하는 강력한 코드 중의 하나가 인과율(因果律)이다. 누구든 자신의 행동에 책임을 져야 한다. 신이든 영웅이든 비루한 자든. 헤라클레스도 오이디푸스나 이아손과 마찬가지로 대가를 치러야 했다. 그의 생애는 온통 살육과 도둑질, 사기로 점철됐기 때문이다. 헤라 여신이 내린 과업을 수행했다고 하지만 그때마다 피범벅을 면치 못했다. 물론 헤라클레스의 과업 완수를 문명화의 알레고리이며 상징(象徵)으로 보는 시각도 있다. 김문갑의 견해에 따르면 헤라클레스의 행위는 '원시적 야만상태로부터 문명세계로의 진입'을 은유한다.

전승에 따라서는 헤라클레스가 불길 속에서 올림포스로 승천해 신이 됐다고도 한다. 아무튼 영웅의 죽음은 단지 죽음으로 그쳐서는 안 된다. 헤라클레스가 죽자 아버지인 제우스가 아들을 들어다 하늘의 별자리에 자리 잡게 했다. 헤라클레스뿐인가. 바다의 괴물을 죽이고 안드로메다를 구해 아내로 삼은 페르세우스도, 신화 세계의 일류 사냥꾼으로 아르테미스의 사랑을 받은 오리온도 별자리가 됐다. 신들은 변덕스럽고도 너그러워 아폴론이 선물한 오르페우스의 황금 리라마저 하늘의 별자리로 만들었다. 곧 '거문고자리'다.

여자이야기

필리포 다 베로나, 「낙소스의 아리아드네」

대중의 의식 속에 선명히 아로새겨진 영웅들의 죽음은 그 자체로 소멸이 아니라 변신이어야 마땅하다. 이는 동서양과 고금을 통틀어 변함이 없다. 예수도 마호메트도 세상과 작별하려면 승천 외에 다른 방법이 없었을 것이다. 승천과 변신은 대중의 원망(願望)을 담는다. 우리 국조(國祖) 단군은 연수 1908년을 누리고 산신령이 된다. 선량한 민심이 단군을 무덤으로 보낼 수는 없었던 것이다. 이와 다름없는 원망이 숙부의 손에 죽은 단종의 넋을 태백산에 산신령으로 보내고 임경업을 무속(巫俗)의 수호신으로 삼았으리라.

앞서 우리는 메데이아와 작별했다. 그녀는 고국인 콜키스로 돌아갔다. 이아손을 만나 사랑에 눈이 먼 그녀의 삶은 파란만장했지만 노년은 나름 평안했다. 그렇다면 아테네에 남은 테세우스의 운명은 어떻게 풀렸는가. 그의 첫 여인 아리아드네는 어떻게 되었는가. 신탁소를 전전하며 아이 낳기를 갈망하던 아이게우스는 어느 날 아테네로 아버지를 찾아온 아들 테세우스를 만났다. 그의 삶은 평안히 막을 내렸는가. 그렇지 않다. 테세우스는 미노스의 미로에서 자신을 구해낸 아리아드네를 버렸다. 아이게우스는 운명의 제물이 되어 절망 속에 에게 해에 몸을 던졌다.

크레타 왕 미노스의 딸, 아리아드네도 메데이아처럼 '금사빠'였다. 테세우스가 미궁 속에 살면서 아테네의 젊은이를 먹이로 삼는 소대가리 괴물 미노타우로스를 죽이러 갔을 때의 일이다. 아리아드네는 크레타에 도착한 테세우스를 보는 순간 사랑에 빠져버렸다. 그녀는 테세우스에게 미궁에서 살아나올 수 있도록 도울 테니 아테네로 돌아갈 때 자신을 데려가 아내로 삼아 달라고 하였다. 황금양피를 훔치러 온 이아손을 보자마자 사랑에 빠진 메데이아와 싱크로율 100%다. 메데이아도 이아손에게 황금양피를 얻도록 도와 줄 테니 고국으로 돌아갈 때 자신도 데려가서 결혼해 달라고 하지 않았는가.

사랑과 배신

테세우스가 크레타까지 가서 미노타우로스를 죽인 사연은 이렇다. 당시 아테네는 약한 나라였다. 아이게우스가 아들 타령이나 하며 신탁소를 찾아다닐 때가 아니었다는 말이다. 아이게우스는 크레타 왕 미노스 앞에서 눈 깔고 시키는 대로 고분고분 말을 들어야 할 형편이었다. 미노스는 해마다 조공을 요구했다. 그 중에는 산 제물도 있었다. 더구나 사람. 이 요구는 아테네를 가장 고통스럽게 만들었다. 미노스 왕은 이 제물을 어디에 쓰려 했는가. 산 제물의 용도는 미노타우로스의 먹이였다. 미노타우로스는 어떤 놈이기에 산 사람을 먹이로 삼는가.

생김새는 소의 대가리에 사람의 몸이다. 미노타우로스가 이 모습으로 태어난 데는 크레타 왕의 원죄가 있다. 미노스는 형제들과 왕위 다툼을 하던 시절 포세이돈에게 왕이 되게 해달라고 빌었다. 포세이돈은 미노스의 소원을 들어주었을 뿐 아니라 제물로 쓰라고 눈부시게 흰 황소를 내렸다. 그러나 미노스는 황소가 아까워 제물로 바치지 않았다. 분노한 포세이돈은 미노스의 아내 파시파에로 하여금 황소와 사랑에 빠지게 했다. 파시파에는 소를 향한 욕정을 참을 수 없게 되었다. 그녀는 장인 다이달로스가 황소 모양으로 만든 나무틀에 들어가 흰 황소와 사랑을 나누었다. (아무리 신화라지만 이게 되네…. 대단한 여성 파시파에.) 흰 황소의 정(精)을 받아 임신한 피시파에는 몇 달 뒤 우두인신(牛頭人身)의 사내아이를 출산했다. 아이는 '미노스의 황소', 즉 미노타우로스로 불렸다.

미노타우로스는 생모의 손에 자랐으나 나이가 들수록 사나워져서 사람을 집어삼키기 일쑤였다. 미노스 왕은 다이달로스를 불러 누구도 빠져나올 수 없는 미로 궁전을 짓고 거기 미노타우로스를 가두었다. 미로는 미노스 왕의 거처인 크노소스 궁전 옆에 있었다. 이 대목에서 궁금해진다. 왜 아테네의 젊은이들을 미노타우로스의 먹이로 희생시켰을까. 그리스 신화에 터무니없는 대목이 많지만 아니 땐 굴뚝이나 핑계 없는 무덤은 없다. 미노스 왕의 아들 안드로게오스가 아테네에서 열린 경기에 참가했다가 현지인들에게 목숨을 잃은 것이다. 날뛰는 소에 받혀 목숨을 잃었다는 전승도 있다. 미노스는 아테네에 아들의 목숨 값을 요구했다. 9년마다('해마다'라는 기록도 있다.) 아테네의 소년 일곱 명과 소녀 일곱 명을 공물로 바치게 한 것이다.

시민의 아들이자 딸이며 국가의 미래를 괴물의 먹이로 바치는 데 아테네 사람들이 가만있을 리 없다. 원성이 하늘을 찔렀다. 아테네의 왕자 테세우스는 스스로 제물이 되어 문제를 해결하기로 작정했다. 자진해서 크레타의 미궁에 들어가기로 결심한 것이다. 미노스 왕이 테세우스를 인신공물로 요구했다는 이야기도 전한다. 테세우스는 세 번째로 바쳐진 아테네의 공물이었다. 미노스 왕은 테세우스가 미노타우로스를 죽이고 살아서 미궁을 빠져나오면 더 이상 인신공물을 요구하지 않기로 약속했다. 쉽지 않은 거래였다. 싸움으로 잔뼈가 굵은 테세우스가 미노타우로스를 죽일 수는 있었다. 그러나 미궁을 빠져나오는 일은 싸움에서 이기기보다 어려운 일이었다. 여기에서 만병통치약, 사랑의 묘약이 효험을 발휘하는 것이다.

테세우스는 아테네의 젊은이들과 함께 배를 타고 크레타로 향했다. 배는 검은 돛을 올리고 출항했다. 테세우스는 출항하기 직전에 아버지 아이게우스에게 한 가지 약속을 했다. 미노스의 미궁에서 살아나와 고국으로 돌아올 때는 검은 돛을 내리고 흰 돛을 올리겠노라고. 배가 크레타에 이르자 테세우스는 처녀 총각들과 함께 미노스 왕 앞으로 끌려 나갔다. 그런데 그 자리에 나와 있던 미노스 왕의 딸 아리아드네가 테세우스의 모습을 보고는 첫눈에 반했다. 아리아드네는 곧 행동에 들어갔다. 테세우스에게 미노타우로스와 싸울 무기로 칼 한 자루를, 미궁에서 빠져나올 길잡이로 실 한 타래를 주었다. 테세우스는 실을 솔솔 풀며 미궁 깊은 곳까지 들어가 미노타우로스를 죽이고 풀어둔 실을 되감아 미궁에서 벗어났다. 그는 아리아드네와 아테네의 젊은이들을 배에 태우고 고국을 향해 출발했다. 미노스 왕의 배들은 모두 바닥에 구멍을 내 추격하지 못하게 만들었다.

가슴 벅찬 귀향길. 배는 낙소스 섬에 잠시 닻을 내렸다. 그런데 테세

앙겔리카 카우프만, 「테세우스와 아리아드네」

우스는 이곳에서 이해하지 못할 행동을 한다. 아리아드네는 섬에 상륙한 다음 피곤했는지 잠이 들어 버렸다. 테세우스는 잠든 아리아드네를 버려 둔 채 섬을 떠난다. 이 무슨 배은망덕인가. 메데이아의 도움으로 황금양 피를 훔쳐낸 이아손과 다를 것이 없다. 하지만 그리스 신화는 신과 영웅 편이다. 또한 여성을 소모품으로 삼는 데 거리낌이 없다. 또한 '배신하는 딸', 곧 '공주가 이웃나라 사람에게 반해 아버지를 배신하고 나라를 판다.'는 이야기는 동서양의 여러 옛이야기에 등장하는 클리셰(Cliché:진부한 표현이나 고정관념을 뜻하는 프랑스어)다. 그리스 신화의 메데이아와 아리아드네, 고구려 설화 속의 낙랑공주, 셰익스피어 희곡 『베니스의 상인』에 등장하는 샤일록의 딸 제시카 등이 유명하다. 배신하는 딸의 사랑은 성공하기 어렵다. 대개 버림받거나 죽음을 받아들여야 할 운명이다. 그리스 신화는 여성에게 가혹하다.

테세우스의 배신을 그리스 신화는 신들의 탓으로 돌린다. 두 사람이 결혼할 운명이 아니었기에 헤르메스(또는 아테나)가 테세우스에게 아리아드네를 버리고 가라고 명했다는 것이다. 아리아드네의 미모에 반한 디오니소스가 납치했다는 전승도 있다. 일설에는 테세우스에게 다른 여자가 있었기에 목표를 이룬 뒤에는 아리아드네가 거추장스러웠을 것이라고도 한다. 낙소스 섬에 홀로 남은 아리아드네는 디오니소스의 아내가 되었다. 디오니소스는 그녀를 올림포스로 데려가 헤파이스토스가 만든 황금 관을 결혼선물로 주었다. 보석 7개가 박힌 금관이다. 디오니소스는 아리아드네가 죽자 그녀에 대한 사랑을 영원히 간직하기 위해 이 금관을 하늘의 별자리로 만들었다. 곧 '북쪽왕관자리'이다. 원래 '왕관자리'였다가 남쪽하늘에 또 다른 왕관자리가 만들어지자 구별하기 위해 '북쪽'을 덧붙였다. 아리아드네와 디오니소스 사이에서 토아스, 스타필로스, 오이노피온, 페파레토스 등이 태어났다.

사랑의 저주

테세우스는 늘 헤라클레스 비교된다. 거의 동급으로 대접받는다. 헤라클레스보다 한 세대 뒤의 영웅이다. 생애의 플롯도 흡사하다. 테세우스는 아버지 아이게우스를 찾아 아테네로 가던 길에 수많은 악당들을 제거한다. 이 과정은 헤라클레스의 과업을 연상케 한다. 플루타르코스와 아폴로도로스는 테세우스가 해치운 악당들을 열거했다. 에피다우로스에서 쇠몽둥이로 행인을 때려죽이던 페리페테스, 코린토스의 이스트모스에서 구부린 소나무에 나그네의 팔다리를 묶어 찢어 죽인 시니스, 크롬미온의 사나운 암퇘지, 행인에게 자신의 발을 씻게 한 다음 몸을 숙이면 걸어차 바다에 빠뜨려서 거북이 밥을 만든 메가라의 악당 스키론, 행인과 씨름을 해 자신에게 지면 목숨을 빼앗은 엘레시우스의 케르키온, '침대 살인마' 프로크루스테스.

테세우스는 크롬미온의 암퇘지를 제외한 모든 악당들을 그들이 악행을 저지르는 데 사용한 방법과 같은 방법으로 제거했다. 이 점도 헤라클

여자이야기

레스와 같다. 프로크루스테스 제거는 가장 유명한 사건일지 모른다. 프로크루스테스는 '잡아 늘이는 자'라는 뜻이다. 그는 여인숙을 차려놓고 손님이 들어오면 집안에 있는 쇠 침대에 눕혔다. 키가 큰 손님은 작은 침대, 작은 손님은 큰 침대에 오르게 했다. 키가 침대보다 커서 머리나 다리가 튀어나오면 톱으로 잘라내고, 키가 침대 길이보다 작으면 몸을 잡아 늘여서 죽였다. 테세우스는 여인숙에 들어가 프로크루스테스를 쇠 침대에 눕힌 뒤 침대 밖으로 튀어나온 머리를 잘라 죽였다. 여기에서 독단적이고 융통성이 없는 독재자를 비판할 때 사용하는 '프로크루스테스의 침대'란 말이 나왔다.

『그리스 로마 신화 사전』을 쓴 프랑스의 고전학자 피에르 그리말은 테세우스의 삶을 일곱 단계로 구분한다. 정리하면 ①출생과 유년기 ②아테네 귀환 ③크레타 관련사건 ④아테네에서의 정치 ⑤아마조네스와의 전쟁 ⑥페이리토스와의 우정 ⑦죽음이다. 여기서는 아마조네스와의 전쟁을 조금 자세히 살펴보자. 우리는 여섯 번째 이야기 '아버지가 없는 나라'에서 테세우스가 아마조네스 전사인 히폴리테(혹은 그녀의 동생 안티오페)를 아테네로 납치해 아내로 삼았다는 신화를 확인하였다. 다시 말하거니와 신화의 세계에서 납치-결혼-출산은 남성의 승리와 지배를 상징하는 전형적인 에피소드다. 우리는 묻지 않았던가. "신화 속 성대결의 승자는 왜 남성이어야만 했는가." 하고.

그리스 신화와 전설에는 '아마조노마키' 이야기가 자주 등장한다. 싸움 잘하는 아마존 족의 침략을 남성 전사들이 격퇴함으로써 그리스를 지켰다는 내용이다. 아마조네스는 초승달 모양의 방패를 들었다. 달은 여성을 상징한다. 뿔이 초승달을 닮아 소가 달을 상징하고, 여성의 생리가 달의 주기와 관련이 있기에 소와 달은 여성을 가리켰다. 창은 남근을 상징하는 남성들의 무기이므로 아마조네스는 사용하지 않았다. 대신 양날 도끼를 휘둘렀다. 남태우는 남성들이 '강한 여성'을 창조했다고 본다. 남성은 강한 여성을 이기기 위해 헤라클레스나 테세우스 같은 영웅이 돼야 했다. 그가 보기에 아마조노마키는 "성 대결에서 남자들이 승리하여 자존심을 지켰으며, 그리스 역사는 남자들이 주역을 담당하여 문화의 꽃을 피우게 되었다."는 뜻이다.

그리스 신화는 싱겁기도 하지. 아마조네스를 엄청나게 무서운 여전사로 표현하지만 결국은 남성 영웅들의 사냥감일 뿐이다. 헤로도토스는 아마존을 '안드로크토네스'라고 불렀다. '남자를 죽이는 자'란 뜻이다. 그래 봐야 남성 영웅들의 전리품에 불과하다. 히폴리테(또는 안티오페)를 보라. 테세우스의 첫 아내(아리아드네와는 혼인하지 않았으니까)가 되었다가 아들 히폴리토스를 낳고 죽었다. 두 번째 아내는 누구일까. 놀라지 마시라. 아리아드네의 언니 파이드라이다. 파이드라는 크레타의 왕 미노스와 왕비 파시파에의 큰딸로 태어났다. 그녀의 결혼과 빗나간 사랑의 결과는 참혹하다. 영웅의 생애를 비극으로 몰아넣는 그리스 신화의 악취미가 테세우스의 가문을 덮친다. 테세우스와의 사이에서 두 아들 데모폰과 아카마스를 얻은 파이드라로 하여금 히폴리토스를 사랑하게 만든 것이다.

히폴리토스는 여성의 매력에는 무관심했고, 숫총각임을 자랑스럽게 생각했다. 그럴수록 파이드라는 애욕에 몸부림친다. 소를 사랑해 정을 통하고 소대가리 괴물을 낳은 어머니 파시파에의 피가 들끓었는지 모른다. 이 모습을 딱하게 여긴 유모가 히폴리토스에게 의붓어미의 마음을 전한다. 히폴리토스는 사랑을 받아들이기는커녕 여성혐오로 치닫는다. 거절당한 파이드라는 수치심에 스스로 목숨을 끊는다. 하지만 그녀는 히폴리토스가 자신을 범하려 했다는 거짓 편지를 남편에게 남긴다. 편지를 읽은 테세우스는 눈이 뒤집힌다. 포세이돈에게 아들을 죽여 달라고 빈다. 억울함을 호소하는 아들을 저주하며 아테네에서 추방한다. 히폴리토스는 슬픔 속에 스키론 해안으로 마차를 몰다가 마차가 전복되면서 치명상을 입고 말았다.

여신 아르테미스가 테세우스 앞에 나타난다. 히폴리토스가 숭배한 처녀신이다. 아르테미스는 히폴리토스의 무고함과 파이드라의 간계를 낱낱이 알린다. 아들을 저주하여 죽음으로 내몬 테세우스를 꾸짖는다. 사건을 전말을 알게 된 테세우스는 죽어가는 아들에게 용서를 빈다. 히폴리토스는 기꺼이 용서한다. 그러나 운명의 용서까지 받아내지는 못했다. 왕위를 빼앗기고 스키로스 섬으로 쫓겨났다가 그곳의 왕 리코메데스에게 암살당했다. 비극적 종말이다. 뒤틀린 사랑의 저주가 테세우스 가문을 파멸시켰다. "아리아드네의 지순한 사랑을 내팽개친 테세우스에게 복수의 여신이 내린 죗값"이라는 박경귀의 해설도 틀린 말은 아니다.

신들은 반드시 죄를 묻는다. 첫 아내 메데이아를 버린 이아손은 여기저기 떠돌다 어느 바닷가에서 폐선 하나를 발견한다. 아르고 호였다. 그

잔해에 기대 회한에 잠긴 이아손의 머리 위로 선수(船首)가 떨어져 내린다. 이아손의 죽음은 메데이아의 저주를 떠올리게 한다. "당신은 당연한 응보로, 아르고 호 파편에 머리가 박살나 악인답게 비참한 죽음을 맞게 될 거예요." 누가 아르고 호의 뱃머리를 이아손의 머리 위로 떨어지게 했을까. 헤라 여신이리라. 이아손은 결혼과 정절, 가정생활의 수호신인 헤라의 노여움을 결코 피할 수 없었을 테니까. 테세우스도 마찬가지. 후세 사람들도 테세우스의 너절한 정분에 넌더리가 났나보다. 역사가 헤로도토스는 "업적이랄 것도 없는 보잘것없는 인물"이라고 혹평했다.

트로이의 성노예

그리스 로마 신화는 우리에게 익숙하다. 우리는 아주 어릴 때부터 제우스를 알았다. 제우스가 만신(萬神)의 왕이며, 헤라클레스의 아버지라는 사실을 배웠다. 디오니소스는 술주정뱅이 신인데 로마에서는 바커스로 불렸고, 어쩌다보니 한국의 약국에서 파는 음료수의 이름이 되었다는 사실도. 하여튼 우리는 책에서 읽거나 누구에게서 듣거나, '어떻게 해서' 알게 되었다. 배우지 않고도 알게 되었다는 사실에서 신화의 생명력을 느낀다. 그리스 로마 신화는 세월을 거듭하여 누군가 창작하고 각색하고 발전시킨 지중해 동쪽의 이야기다. 음유시의 전통에 실려 장구한 세월 입에서 입으로, 귀에서 귀로 이어졌다. 문자가 발명되어 양피지나 파피루스에 정착하기까지 신화는 새로운 물줄기를 받아들이고 떨쳐내고 또한 용틀임하며 미지의 역사 속을 굽이쳐왔다.

구전(口傳)과 문학이 겹치는 지점에서 우리는 호메로스를 만난다. 베이비붐 세대라면 학교에서, 문교부가 정한 '우량도서'에서 그의 이름을 익혔을 것이다. 호메로스는 「일리아스」와 「오디세이아」를 지은 사람이라고. 그러나 사실과는 거리가 있다. 호메로스가 실재한 인물인지, 서사시인 모두를 가리키는 총칭인지, 두 서사시가 같은 작가의 작품인지도 불분명하다. 미국 펜실베이니아대학의 고전학자인 브라이언 로즈는 「일리아스」를 한 사람이 썼을 가능성은 매우 작다고 주장한다. 호메로스는 오늘날 터키 서부 지역인 이오니아 지방 출신으로 기원전 8세기 무렵 활동한 시인으로 추정될 뿐이다. 그럼에도 그는 서양 문학의 원형으로 추앙받는다. 플라톤은 「공화국」에서 호메로스를 '최초의 스승' '그리스 문화의 지도자' '모든 그리스의 스승'이라고 묘사했다. (천병희)

　「일리아스」와 「오디세이아」, 호메로스는 고대 그리스와 후대 서양의 문학예술과 문화의 근간을 이룬다. 그리스 신화의 세계관도 「일리아스」 이후 체계화되기 시작했다. 그러기에 아주 중요한 연구의 대상이다. 예를 들어 영국 레딩대학의 유전학자 마크 페이겔이 이끄는 연구팀은 호메로스가 「일리아스」를 쓴 시기를 기원전 762년에서 50년 전후라는 연구결과를 학술지 『바이오에세이즈(Bioessays)』의 2013년 2월 18일자에 게재했다. 이들은 미국의 언어학자 모리스 스와데시가 만든 「스와데시 목록(Swadesh list)」을 이용했다. 스와데시 목록은 신체 부위, 색깔, 친족의 이름 등 거의 모든 언어에서 발견되는 약 200가지 개념을 포함하고 있다. 「일리아스」의 히타이트 버전, 호메로스 시대의 그리스어, 오늘날의 그리스어 등에서 위의 단어들이 바뀌었는지 분석했다. 이들이 밝혀낸 시기는 '현존하는 고대 그리스 문학 중 가장 오래된 서사시로 기원전 8세기에 쓰였다.'는 일반적 이해와 상치되지 않는다.

호메로스는 광대한 신화의 세계를 여행하는 이들의 길잡이이며 거대한 파도가 일렁이는 신화의 바다를 비추는 등대와도 같은 존재다. 그가 남긴 「일리아스」와 「오디세이아」는 신화의 세계를 여행하려는 우리에게 크레타의 공주 아리아드네가 아테네 영웅 테세우스의 손에 쥐어준 실타래와 같다. 저 시간과 공간의 심연 속으로 주저 없이 들어갔다가 안전하게 빠져나올 수 있게 해준다. 그리스 신화를 사색하는 일은 시간과 공간을 여행하는 것과 같다. 이때 우리가 체감하는 시간과 공간은 균일하지 않다. 때로 하루는 천 년이 되고 백 년도 순간에 불과하다. 내가 숨 쉬는 이 공간이 불현듯 세상의 끝, 모든 것을 집어삼키는 낭떠러지가 된다. 예컨대 「일리아스」는 트로이 전쟁이라는, 그리스 신화 전체에 비하면 순간처럼 짧은 시간의 사건 기록이다. 그리고 트로이는 마치 문명 세계의 경계에 선 신기루 같다. 그런데 신화 속의 현실은 오늘을 사는 우리의 이야기와 크게 다르지 않은 것이다.

「일리아스」는 10년이나 계속된 트로이 전쟁 기간 중 51일 사이에 벌어진 사건을 묘사한다. 서사시는 웅혼한 노래로 시작된다. "노래하소서, 여신이여! 펠레우스의 아들 아킬레우스의 분노를." 트로이의 전쟁판에서 가장 뛰어난 장수이며 그리스 신화를 통틀어도 다섯 손가락 안에 들 영웅 아킬레우스. 그는 어찌하여 분노로써 「일리아스」의 문을 여는가.[2]

그리스 연합 원정대의 진영에 전염병이 돌자 대책회의가 열린다. 미케네 왕 아가멤논이 소집한 회의다. 아킬레우스는 아가멤논이 포로로 붙잡은 크리세이스를 아비에게 돌려주지 않아 벌어진 일이라고 주장한다. 크리세스는 아폴론 신전의 사제요, 크리세이스는 그 딸이다. 크리세스는 아가멤논을 찾아가 금은보화를 바치며 딸을 돌려달라고 애원하지만 거절당한다. 크리세스는 신전에 돌아가 아폴론에게 복수를 간청한다. 신이 곧 응답하니 역병의 화살이 그리스군 진영에 쏟아진다. 아가멤논은 크리세이스를 돌려줄 테니 아킬레우스의 소유든, 오디세우스의 소유든 다른 여자를 내놓으라고 뻗댄다. 아킬레우스는 자신의 전리품인 브리세이스를 아가멤논에게 보내야 했고, 이에 분노하여 참전을 거부한다. 그리스 군은 연전연패한다.

사랑에 빠진 크레타의 공주 아리아드네를 이야기할 때, 나는 작가 박신영을 인용했다. "브리세이스도 약탈당하여 성노예가 된 여성"이라는. 그는 이렇게 썼다. "전쟁 중인 군인의 막사에 소녀가 왜 있을까? (중략) 소녀들은 납치당해서 군인의 사유 재산이 되었다. 성노예 역할은 기본이었다. 남성들은 전시에도 여성들의 돌봄 노동을 필요로 했다. 성노예 여성들은 군인들의 막사를 청소하고 물 긷고 식사를 준비하고 설거지를 했다. 군인의 상처를 치료해 주고 빨래를 하고 옷을 기웠다. 말을 씻기고 먹이고 똥을 치웠다." 이내 비수 같은 문장을 꽂아 넣는다. "일리아스 어디를 봐도 성노예를 빼앗긴 아킬레우스의 분노만 나와 있을 뿐, 성노예가 된 브리세이스의 분노는 없다."고, "이제 브리세이스의 분노를 이야기해 보자."고.

"노래하소서, 여신이여! 누구의 사적 소유물도 아닌, 폭력에 희생된 한 여성의 분노를."

올림포스의 미인대회

땅 위에 사람이 불어나면서부터 그들의 딸들이 태어났다. 하느님의 아들들이 그 사람의 딸들을 보고 마음에 드는 대로 아리따운 여자를 골라 아내로 삼았다. 그래서 야훼께서는 "사람은 동물에 지나지 않으니 나의 입김이 사람들에게 언제까지나 머물러 있을 수는 없다. 사람은 백이십 년밖에 살지 못하리라." 하셨다. 그 때 그리고 그 뒤에도 세상에는 느빌림이라는 거인족이 있었는데 그들은 하느님의 아들들과 사람의 딸들 사이에서 태어난 자들로서 옛날부터 이름난 장사들이었다. 야훼께서는 세상이 사람의 죄악으로 가득 차고 사람마다 못된 생각만 하는 것을 보시고 왜 사람을 만들었던가 싶으시어 마음이 아프셨다. 야훼께서는 "내가 지어낸 사람이지만, 땅 위에서 쓸어버리리라. 공연히 사람을 만들었구나. 사람뿐 아니라 짐승과 땅 위를 기는 것과 공중의 새까지 모조리 없애버리리라. 공연히 만들었구나!" 하고 탄식하셨다.

여자이야기

기독교 경전인 「창세기」의 6장은 이렇게 재미있는 이야기로 시작된다. 이 이야기에 이어 노아가 등장한다. 우리가 다 아는 대로 하느님이 인간을 모조리 없애버리기로 하고 세상을 물바다로 만들면서 살려둔 의인이다. 물의 심판은 그리스 신화에도 등장한다. 제우스도 '지상의 타락상을 도저히 더 두고 볼 수 없어 인간들을 하나도 남김없이 쓸어버리고, 지금까지와는 전혀 다른 새로운 종족으로 하여금 살림을 시작하게 하면, 삶 자체가 실다울 뿐만 아니라 신들을 섬기는 태도도 전과 다를 것이 아니겠느냐'는 생각으로 물의 심판을 내린다. (이윤기)

노아 가문의 여덟 식구를 태운 방주는 아라라트 산에 가서 닿는다. 썩을 대로 썩은 지상에서 노아만은 하느님의 마음에 들었다. 올바르고 흠 없는 사람으로서, '하느님을 모시고 사는 사람'이었다. 그리스 신화에서는 프로메테우스 일족인 데우칼리온과 그의 아내 퓌라가 파르나소스 산으로 피난해 목숨을 건진다. 데우칼리온은 의로운 사람이었고 퓌라는 신들을 잘 섬기는 사람이었다. 고등종교의 신들이란 인격신일 수밖에 없다. 이들은 분노에 인색하지 않되 용서와 후회 또한 적지 않다. 하느님도 제우스도 매몰차지 못하였으니 생존자를 남겨 오늘날의 질곡을 피할 수 없게 하지 않았는가.

그리스 신화에 등장하는 '거인족'의 존재를 이곳에서도 확인할 수가 있다. 물론 딱 맞아 떨어지지는 않는다. 그리스 신화에 등장하는 거인족은 티탄 아니면 기간테스인데, 이들은 신과 인간의 혼혈로 보기는 어렵다. 기간테스는 대지의 여신 가이아의 자식들이다. 크로노스가 아버지인

우라노스를 거세하고 패권을 잡을 때 우라노스의 성기에서 쏟아진 피가 대지에 스며들어 이들이 태어났다. 신과 인간 사이에서 태어난 영웅은 헤라클레스, 페르세우스, 아킬레우스 등이다. 헤라클레스나 페르세우스는 제우스와 인간 여성의 혼외정사로 태어난 자들이다. 아킬레우스는 테살리아 지방 퓌티아의 왕 펠레우스와 바다의 여신 테티스의 아들이다. 펠레우스와 테티스의 결혼 잔치에서 벌어진 소동이 트로이 전쟁의 씨앗이 된다.

테티스와 펠레우스의 결혼을 축하하는 결혼 잔치에 신들이 초대되었는데, 불화의 여신 에리스만 빠졌다. 화가 난 에리스는 연회장을 찾아가 잔칫상 한가운데 황금사과를 던졌다. 거기엔 '가장 아름다운 여신에게'라고 씌어 있었다. 헤라, 아테나, 아프로디테가 사과를 놓고 다투었다. 양치기 파리스가 제우스의 명을 받들어 판정했다. 세 여신은 사과를 차지하기 위해 저마다 파리스에게 보상을 약속했다. 부귀와 권세(헤라), 승리와 명예(아테나), 세상에서 가장 아름다운 여인(아프로디테). 파리스는 오래 고민하지 않고 아프로디테를 사과의 주인으로 지명했다. 이때 파리스에게는 이미 아내 오이노네가 있었다. 오이노네는 강의 신 케브렌의 딸이다. 파리스는 대단한 영웅도 아니지만 신화 속에서 주인공 자리 하나쯤 차지하려면 여자 한둘은 가볍게 버려야 자격이 되는 모양이다.

영웅 비슷한 설정은 다 준비됐다. 일단 탄생을 둘러싼 비밀과 버림받을 운명. 파리스는 트로이 왕 프리아모스의 아들이다. 생모인 헤카베는 불이 붙은 나무토막을 낳는 태몽을 꾼다. 트로이의 멸망을 암시한다는 해몽 때문에 아이는 태어나자마자 이다 산에 버려졌다. 늘 그렇듯 버려진 아이는 잘 죽지 않는다. 파리스도 목동 아겔라오스가 데려다 키웠다. 다 자란 파리스는 오이노네와 결혼해 아들 코리토스를 낳고 행복하게 살았다. 그러나 여신들의 다툼에 잘못 엮여 폭풍 같은 운명의 제물이 됐다. 아프로디테가 말한 '세상에서 가장 아름다운 여자'는 이미 스파르타의 왕 메넬라오스의 아내가 된 헬레네였다. 파리스는 아프로디테의 도움으로 헬레네와 함께 트로이로 달아났다. 전승에 따라 헬레네가 파리스와 사랑에 빠졌다고도 하고, 억지로 납치되었다고도 한다.

헬레네는 보통 여자가 아니다. 제우스가 백조로 둔갑해 정을 통한 레다의 딸로서, 사람이 낳은 여인 가운데 가장 아름다웠다고 한다. 그녀가 처녀로 성장하자 그리스 전역에서 구혼자가 몰려들었다. 자타공인 영웅들이었다. 레다의 남편인 스파르타 왕 틴다레오스는 사위를 지명했다가 다른 구혼자들 사이에 분쟁이 발생할까 우려했다. 꾀돌이 오디세우스가 제안하여 누가 남편이 되든 모든 구혼자들이 그 권리를 인정하고 부부를 지켜주기로 틴다레오스에게 서약하도록 했다. 메넬라오스가 행운의 주인이 되었다. 세상에서 가장 아름다운 여인을 얻고 스파르타의 왕위도 물려받았다. 메넬라오스와 헬레네 사이에 딸 헤르미오네가 태어났다. 이때까지는 좋았다.

그러나 메넬라오스가 외할아버지 카트레우스의 장례식에 참석하러 크레타에 간 사이 파리스가 헬레네와 함께 트로이로 줄행랑쳤다. 메넬라오스는 급거 스파르타로 돌아와 한때는 사랑의 경쟁자였던 그리스의 영웅들에게 호소한다. 틴다레오스에게 했던 맹세를 지켜 그리스인의 명예를 되찾기 위한 전쟁에 나서라는 것이다. 여기 응답하여 미케네의 왕 아가멤논을 총사령관으로 하는 그리스 연합군이 결성되었다. 대규모 병력이 아울리스 항에 집결하여 선박 1000여 척에 나눠 타고 트로이 원정에 나섰다. 그러나 신들은 이들이 무탈하게 출발할 수 있도록 도와주지 않는다. 순결한 피, 처녀의 목숨을 요구한 것이다. 그녀의 이름은 이피게네이아, 아가멤논의 딸이었다. 에우리피데스, 라신, 괴테 등 수많은 예술가들이 그들의 작품 속에서 노래한 여성이다.

이피게네이아

「일리아스」에는 그리스의 28개 '지역'에서 온 군대가 아카이아 연합군을 결성해 트로이 전쟁에 참전했다고 기록되었다. 지역의 소국들이 병력을 보냈음을 가정하면 참전국의 수는 더 많을 수 있다. 김문환은 「지중해문명기」에서 페르시아 전쟁을 참고해 트로이 원정군의 규모를 추정한다. 페르시아 전쟁 당시 도시국가 31개국이 아테네를 중심으로 연합군을 결성해 페르시아 침략군에 대항했다. 트로이 전쟁 참전국도 대략 이 정도가 아니었겠느냐는 김문환의 추리에는 크게 무리가 없다.

호메로스는 트로이 전쟁에 참전한 28개 지역 연합군의 전함 수를 제시하고 있다. 아가멤논(100척), 아킬레우스(50척), 오디세우스(12척) 등 각국의 왕들이 동원한 전함이 1069척에 이른다. 보이오티아의 병사 120명이 배 한 척에 탔다는 「일리아스」의 기록을 신뢰한다면, 그리고 그리스 연합군의 전함의 크기가 보이오티아의 전함과 비슷하다면 그리스 연합군의 병력은 12만8000여 명이 된다. 실로 엄청난 규모라고 하지 않을 수 없다. 고대 전투에서 머릿수는 승패를 결정짓는 중요한 변수였다.

그리스 연합군은 아울리스에 집결했다. 아울리스는 그리스 중부, 보이오티아 주의 고대 항만 도시다. 보이오티아는 그리스 중부그리스 주에 속한 현이다. 수도 아테네의 북서쪽에 있다. 동서로 길게 뻗은 지형인데, 남쪽 경계가 코린토스 만에 닿아 있다. 아울리스를 떠나 에우보이아 만과 페탈리오이 만을 차례로 지난 다음 에게 해로 접어들면 소아시아 반도의 서쪽 기슭이 지척이다. 갤리선에 돛을 달았을 그리스 연합군의 전함이 순풍을 만나면 사나흘 안에 트로이의 성벽 아래 도달할 것이다.

그런데, 순풍은 고사하고 미풍조차 불지 않는다. 바람 한 점 없는 나날이 끝도 없이 이어지자 그리스 연합군 병사들이 동요했다. 아가멤논을 비롯한 지휘부도 불안감에 사로잡혔다. 그들은 신관인 칼카스를 호출했다. 아가멤논이 묻는다. "왜 바람이 불지 않는가." 칼카스가 하늘을 우러러 신의 뜻을 구했다. "아르테미스 여신께서 진노하셨습니다." 아가멤논이 사냥의 신 아르테미스가 사랑하는 사슴을 죽여서 진노를 샀다는 것이다. 아뿔싸, 아울리스는 아르테미스의 사냥터가 있는 곳! 아가멤논이 다시 물었다.

"어떻게 해야 여신의 진노를 면할 수 있겠는가."

칼카스의 얼굴에 그늘이 드리웠다. 감히 입을 열지 못했다. 아가멤논이 칼카스를 다그쳤다.

"아르테미스 여신께서 아가멤논 왕의 따님인 이피게네이아를 희생 제물로 바치라고 요구하십니다."(칼카스)

이 무슨 청천벽력인가. 아가멤논은 펄쩍 뛰었다. 트로이 정벌을 관두면 관뒀지 어떻게 딸의 목숨을 희생해 바람을 얻는단 말인가. 그러나 그리스 연합군의 총사령관이라는 책임감이 그의 몸과 마음을 짓누른다. 아가멤논은 아내 클리타임네스트라에게 "영웅 아킬레우스가 이피게네이아와 결혼하기를 원하니 데려오라."고 전갈을 보낸다. 물론 거짓말이다. 클리타임네스트라와 이피게네이아는 기뻐하며 아울리스로 달려간다. 제 어미의 손에 이끌려 사지에 들어선 딸 앞에서 아가멤논은 억장이 무너진다. 그러나 일은 돌이킬 수 없다.

아킬레우스에게 이피게네이아와의 결혼은 금시초문이다. 이피게네이아는 이내 자신의 운명을 알아챘다. 그녀는 아버지에게 목숨을 애원한다. 클리타임네스트라는 분노한다. 아킬레우스 또한 자신도 모르는 사이에 이름이 팔렸음에 분개하며 이피게네이아를 보호하겠다고 나선다. 그러나 그리스 병사들은 이피게네이아가 죽어야 트로이로 원정할 수 있다고 믿는다. 흥분한 병사들은 이피게네이아의 희생을 막아 출항할 수 없게 하면 누구든 그냥 두지 않겠다고 벼른다. 역사의 갈림길이다. 백척간두에 선 이피게네이아가 마침내 한 걸음을 내딛는다.

"여신 아르테미스가 내 목숨을 원하는데 한낱 인간인 내가 어떻게 따르지 않을 수 있나요? 소용없어요! 그리스를 위해 제 한 몸 바치겠어요. 날 죽이고, 트로이를 함락시켜 주세요! 그것이 나의 영원한 기념물이고, 그것이 나의 혼인이며, 자식이며, 영생이니까요!"

이피게네이아는 어머니 클리타임네스트라에게 당부한다. 자신은 죽

아르놀트 호우브라켄, 「이피게네이아의 희생」

여자이야기

는 것이 아니라 더 높은 곳으로 구원되는 것이니 상복도 입지 말라고, 아버지는 대의를 위해 어려운 결심을 한 것이니 원망해서는 안 된다고. 마침내 이피게네이아는 제단에 오르고, 칼끝이 그녀의 가녀린 목을 겨누는 순간 아르테미스 여신이 기적을 베푼다. 제단 위의 이피게네이아는 사라지고 크고 아름다운 사슴 한 마리가 그 자리에 피를 흘린 채 쓰러져 있지 않은가. 그리고 항구에는 다시 바람이 불기 시작했다. 원정 함대가 닻을 올렸다.

이피게네이아의 희생 장면은 창세기에 등장하는 아브라함과 이사악의 일화를 떠올리게 한다. 이사악은 아브라함이 100세에 이르러 얻은 아들이다. 아내 사라의 나이도 90세였다. 사라는 "하느님께서 나에게 웃음을 주셨다."고 찬양하였다. 그런데 그 하느님이 아브라함에게 명한다. "네 외아들 이사악을 번제물로 나에게 바쳐라." 아브라함은 군말이 없다. 제단을 쌓고 장작을 얹은 다음 이사악을 묶어 장작더미에 올려놓는다. 아들의 몸에 칼을 대려 할 때 천사가 하늘에서 큰소리로 외쳤다.

"그 아이에게 손을 대지 말아라. 머리털 하나라도 상하게 하지 말아라. 나는 네가 얼마나 나를 공경하는지 알았다. 너는 하나밖에 없는 아들마저도 서슴지 않고 나에게 바쳤다."

아브라함이 이 말을 듣고 고개를 들어보니 뿔이 덤불에 걸려 허우적거리는 숫양 한 마리가 눈에 띄었다. 아브라함은 곧 가서 그 숫양을 잡아 아들 대신 번제물로 드렸다. 그러자 하느님은 아브라함에게 "나의 이름을 걸고 맹세한다. 너에게 더욱 복을 주어 네 자손이 하늘의 별과 바닷가의 모래같이 불어나게 하리라."고 약속하였다. 이렇게 아브라함이 받은 시험은 축복으로 이어졌다. 그러나 그리스 연합군의 전함들이 수평선 너머로 모습을 감출 무렵, 그리스 원정대의 영웅들 앞에는 피비린내 나는 죽음의 무도가 예정되어 있었다.

아가멤논도 아킬레우스도 미쳐버린 운명의 칼날을 피할 수 없었다. 특히 아가멤논이 받아들여야 할 운명은 너무나 가혹했다. 그리고 비극은 아가멤논의 죽음만으로 끝나지 않았다. 아가멤논의 나라, 쌍사자가 정문을 지키는 미케네의 왕궁은 성을 둘러싼 돌쩌귀 하나도 빠짐없이 선혈을 뒤집어쓰고 말았으니까.

클리타임네스트라

그리스 연합군의 입장에서 볼 때 트로이 전쟁은 문명과 야만의 대결이다. 아니, 문명에 의한 야만의 정화다. 그리스의 도시국가 시민들은 모두 그리스어로 말했다. 지중해 서쪽부터 동쪽까지 넓은 지역에 식민도시를 건설했으므로 방언이 있었을 것이다. 그래도 그들은 모두 그리스어를 모국어로 인식했다. 그리스인에게 야만인은 그리스어를 사용하지 않는 사람들이다. 야만인을 뜻하는 'Barbaros'가 곧 그리스어를 말하지 않는 자라는 뜻이다. 그런데 호메로스의 「일리아스」에서 그리스와 트로이의 전사들은 의사소통에 막힘이 없다. 같은 언어로 말하고 같은 신을 모시며 같은 방식으로 생각하고 있다. 10년에 걸친 전쟁 기간 동안 헤라와 아테나, 포세이돈이 그리스 연합군의 편을 들었고 아프로디테와 아레스, 아폴론이 트로이의 수호신이 되었다. 더구나 트로이의 주인들은 숭고한 정신의 소유자들이다. 야만과 문명의 경계는 없거나 있더라도 하잘것없다.

트로이의 운명이 바람 앞의 등불처럼 위태로울 때, 그리스 최강의 전사 아킬레우스가 트로이 전사들의 목숨을 수수이삭 털 듯 할 때 트로이의 유일한 희망은 왕자 헥토르다. 그의 아내 안드로마케는 남편에게 눈물을 흘리며 호소한다. 전쟁터로 돌아가지 말고 피난처에 몸을 숨기라고. "제발 당신의 자식을 고아로, 당신의 아내를 과부로 만들지 마세요." 그러나 헥토르는 아내를 달래며 말한다. "내가 겁쟁이처럼 싸움터에서 물러선다면 트로이 사람들을 무슨 낯으로 보겠소. 내 마음이 이를 용납하지 않소. 나는 언제나 트로이 사람들의 맨 앞에 서서 싸우며 위대한 아버지와 나 자신의 명성을 지키라고 배웠소." 비극적인 운명을 타고난 인간이 영웅다운 언어로 말하고 있다. 헥토르의 이성은 빼앗긴 성노예, 자신을 대신해 싸우다 죽은 친구 파트로클로스의 죽음에 분노한 아킬레우스의 분별없음과 비교할 때 더욱 빛난다.

그리스 연합군은 트로이를 함락시켰다. 그 과정에서 수없는 목숨이 스러졌다. 헥토르는 아킬레우스의 창에 목숨을 잃었다. 아킬레우스는 파리스의 화살에 발뒤꿈치를 맞았고, 파리스는 테살리아의 신궁 필록테테스가 쏜 화살에 맞아 죽었다. 아버지를 잃은 아킬레우스의 아들 네오프톨레모스는 살인귀가 되었다. 트로이 왕 프리아모스를 위에서 아래로 두 동강냈고, 헥토르와 안드로마케의 아들 아스티아낙스를 트로이의 성벽 아래로 던져 죽였다. 그리스 군의 장수라면 누구나 군침(?)을 흘리던 안드로마케도 차지했다. 네오프톨레모스가 안드로마케를 전리품으로 삼은 이 장면을 그리스의 완벽한 승리, 야만의 정복을 상징하는 퍼포먼스로 해석한다. 안드로마케는 네오프톨레모스의 아이를 낳았는데 그렇게 태어난 아들이 몰로소스다. 훗날 몰로시아의 왕이 되는 그의 혈통은 마케도니아의 알렉산드로스로 이어진다.

트로이를 피로 물들인 그리스 연합군의 영웅들은 고국으로 돌아갔다. 오디세우스는 이타카로 돌아가기까지 10년이 걸렸지만 (오디세우스의 10년에 걸친 귀향기가 「오디세이아」다.) 아가멤논은 오래지 않아 미케네로 돌아갔다. 그의 귀국선에는 트로이의 무녀 카산드라도 함께 탔다. 그녀는 신통한 예언가였지만 아폴론의 저주를 받았기에 아무도 그의 말을 믿지 않았다. 그리스군의 목마가 트로이의 멸망을 부를 것임을 예언해도 귀기울이는 이가 없었다. 눈부신 미모는 그녀가 어디에 있든 시선을 끌었다. 탐욕스런 아가멤논이 카산드라를 놓아둘 리 없었다. 카산드라는 아가멤논과 자신의 끔찍한 미래를 내다보았다. 왕과 자신의 시신이 나란히 누워 있었다. 하지만 아무도 그의 예언을 이해하지 못했다. 공포에 질린 여성의 넋두리로 들었다. 그녀는 훤히 보이는 참혹한 미래를 향해 정면으로 걸어가야 했다.

예언은 빗나가지 않는다. 아가멤논은 미케네로 돌아온 날 아내 클리타임네스트라의 손에 목숨을 잃었다. 그가 목욕을 할 때 클리타임네스트라가 갑자기 옷을 던져 시야를 가린 뒤 도끼로 세 번이나 내리쳤다. 클리타임네스트라는 카산드라도 살려두지 않았다. 그녀에게는 조력자가 있었다. 아가멤논이 없는 동안 클리타임네스트라는 아이기스토스와 정을 통하고 있었다. 아이기스토스는 오래전 아가멤논이 죽인 티에스테스의 셋째 아들이다. 아이기스토스는 아가멤논이 트로이 전쟁에 나간 사이 클리타임네스트라를 유혹했다. 아이기스토스는 아가멤논에게 복수할 동기가 확실하다. 클리타임네스트라는 왜 남편을 잔혹하게 살해했는가? 단순한 치정극일까? 전쟁터에 나가 오랫동안 아내를 팽개쳐둔 남편, 맏딸 이피게네이아를 제물로 희생한 데 대한 어머니의 분노?

『그리스인 이야기』를 쓴 앙드레 보나르는 시인의 말을 빌려 클리타임네스트라를 '남자 같은 여자'라고 했다. 클리타임네스트라는 치밀하고도 대담하게 남편 죽일 준비를 했다. 트로이와 미케네 사이, 에게 해에 점점이 떠 있는 섬들과 그리스 본토의 해안마다 봉화를 설치해 아가멤논의 귀로를 '손금 들여다보듯' 훤히 알았다. 그러다 마침내 아가멤논이 돌아오자 온 나라의 신하들을 모두 불러 놓고 뜨거운 환영의 의식을 연출했다. 아가멤논 왕도, 왕의 신하들도, 미케네의 백성들도 남편을 환영하는 클리타임네스트라의 진심을 의심하지 않았다. 아가멤논은 아무 것도 모르는 채 아내를 따라 죽음이 기다리는 궁으로 향했다.

독한 마음을 먹은 클리타임네스트라지만, 마지막까지 주저한다. 바야흐로 저지르려는 일이 얼마나 큰 죄인지 알고 있었으므로. 그래서 한 가지 시험을 한다. 궁 입구에 진홍빛 양탄자를 깔아 둔 것이다. 트로이를 정복한 영웅의 발에 흙이 묻어서는 안 된다는 감언이설과 함께. 그러나 진홍빛 양탄자는 신들만 밟을 수 있었다. 아가멤논도 이 사실을 모르지 않았다. 그래서 처음에는 거절했지만 결국은 허영심을 이기지 못하고 양탄자를 밟았다. 클리타임네스트라는 그 모습을 보고 "이제는 죽여도 되겠다."고 생각한다. 신들이 아가멤논의 불경을 보고 자신이 저지를 죄를 용서하리라고 생각한 것이다. 그러나 클리타임네스트라의 뜻대로 되지 않았다.

아가멤논이 죽은 다음 아이기스토스가 미케네를 다스린다. 그러나 아가멤논의 아들 오레스테스가 누이 엘렉트라와 함께 돌아와 죄를 묻는다. 오레스테스의 칼날이 아이기스토스의 숨을 끊고, 피를 뚝뚝 떨어뜨리며 어머니를 향한다. 목숨을 애원하는 클리타임네스트라. "내 아들아, 이 어미를 불쌍히 여겨다오." 오레스테스가 말한다. "어머니는 죽여서는 안 될 사람을 죽였으니 받아서는 안 될 고통을 받으셔야죠." "제가 아니라 어머니가 어머니 자신을 죽이는 거예요." 엘렉트라가 선언한다. "오레스테스와 나는 아버지의 원수를 갚기 위해 어머니를 죽여야 해요. 어머니의 행위가 정당한 것이라면 우리의 행위도 정당해요." (김헌) 칼날은 어미를 찌르고, 또 찌른다. 아이스퀼로스, 소포클레스, 에우리피데스가 한 번씩은 노래한 저주받은 가문의 연대기, 멸문의 서사시는 이렇게 막을 내린다.

생각한다. 아가멤논이 출정할 때 아르테미스 여신이 기적을 베풀어 이피게네이아의 목숨을 구하지 않았는가. 제단 위의 이피게네이아는 사라지고 크고 아름다운 사슴 한 마리가 그 자리에 피를 흘린 채 쓰러져 있지 않았는가. 어찌된 일일까. 비극적 죽음을 신화로써 포장했을 뿐인가? 신화는 마술사의 트릭에 불과할지 모른다. 다음은 최지희의 글이다. "그 시대의 많은 왕들이 자식을 신의 제물로 바쳤지만, 아내에 의해 죽음을 당한 남자는 없었다. 하지만 클리타임네스트라는 달랐다. 그녀는 영웅

프레더릭 레이턴, 「아가멤논 무덤 앞의 엘렉트라」

여자이야기

아가멤논을 징벌했다. 학자들의 지적대로 그녀가 '남성적'이었다면 이같은 복수는 없었을 것이다. 오히려 여자이며 동시에 어미이기 때문에 10년 넘게 복수의 칼날을 갈았던 것이고, 동시에 이것은 치정극이 아니기 때문에 그녀 스스로 손에 피를 묻힌 것이다."

폴릭세네

상상하라. 이번 주말 이탈리아의 피렌체를 여행한다면 가장 먼저 어디에 가고 싶은가? 영화 『냉정과 열정 사이』를 떠올리며 산타 마리아 델 피오레 성당을, 시성(詩聖) 단테와 베아트리체를 떠올리며 베키오 다리를 찾을 것인가. 나에게 추천하라면 제일 먼저 시뇨리아 광장에 가보라고 권할 것이다. 영화 『전망 좋은 방』에서 주인공 루시 허니처치가 조지 에머슨을 만나는 곳이다. 아니, 만난다는 말은 적당하지 않다. 곤경에 빠진 여성을 갑자기 나타난 멋진 남성이 구출하는 클리셰(cliche)다. 그러나 훌륭한 클리셰는 언제나 우리를 즐겁게 하지 않던가. 아무튼 시뇨리아 광장은 피렌체 관광의 시작점으로도, 종착점으로도 모두 훌륭하다.

시뇨리아 광장은 거대한 야외 전시장 같다. 광장 중앙에 토스카나의 대공 코시모 데 메디치 1세의 동상이 우뚝 서 있다. 베키오 궁전 왼쪽에 바다의 신 포세이돈이, 궁전입구 왼쪽에 다비드가, 오른쪽에는 카쿠스의 목숨을 빼앗는 헤라클레스가 있다. 그 오른편 건물에 옥외 박물관이라고 할 수 있는 로지아 데이 란치가 있다. 벽 쪽으로 마티디아, 마르키아나, 아그리피나, 사비네스, 투스넬라의 대리석 조각을 전시했고 그 앞에 메두사의 목을 벤 페르세우스, 파트로클로스의 시신을 부축하고 있는 메넬라오스, 반인반마의 켄타우로스를 올리브몽둥이로 때려잡는 헤라클레스, 사비니 여인을 약탈하는 로마인, 그리고 우리가 오늘 살펴보려고 하는 '폴릭세네의 강탈'이 줄지어 섰다. '강탈'이라고 했지만 원제(Ratto di Polissena; The Rape of Polyxena)가 보여주듯 훨씬 더 강력한 폭력의 서사를 담고 있는 작품이다.

배경은 다시 트로이다. 전쟁은 끝났다. 트로이는 잿더미가 되었다. 사실 호메로스의 「일리아스」는 트로이의 멸망을 다루지 않는다. 이 서사시는 친구 파트로클로스의 죽음에 분노한 아킬레우스가 트로이 왕자이자 수성전(守城戰)의 중심인 헥토르를 죽이고, 트로이 왕 프리아모스가 애원 끝에 아들의 시신을 돌려받아 장사지내는 장면으로 막을 내린다. 아킬레우스는 우리가 아는 대로 유일한 약점인 발뒤꿈치에 파리스가 쏜 화살을 맞고 죽음을 맞는다. 「일리아스」 밖의 이야기다. 아버지를 잃은 아킬레우스의 아들 네오프톨레모스가 살인귀가 되어 프리아모스를 두 동강내고, 헥토르와 안드로마케의 아들 아스티아낙스를 트로이의 성벽 아래로 던져 죽이는 것도 모두 호메로스가 입을 닫은 다음에 벌어진 일이다. 피비린내가 가시려면 아직 멀었다. 이야기의 중심에 폴릭세네가 있다.

폴릭세네는 프리아모스의 딸이다. 어머니는 헤카베요, 헥토르와 파리스는 그의 오빠다. 트로이 공주와 그리스 연합군의 선봉장 아킬레우스는 어떤 인연인가. 전승이 수없이 많지만 폴릭세네는 메데이아나 낙랑공주처럼 사랑에 눈이 멀어 조국을 배신하는 여인이 아니다. 그녀는 아킬레우스를 죽음의 올가미로 몰아넣는다. 폴릭세네에게 반한 아킬레우스는 자신의 약점이 발꿈치라는 사실을 털어놓고 마는 것이다. 들릴라에 반한 성경 속의 삼손처럼. 아킬레우스는 폴릭세네에게 청혼했을 뿐 아니라 그리스 군을 설득해 전쟁을 끝내겠다는 약속까지 한다. 폴릭세네가 아킬레우스를 아폴론 신전으로 유인하자 신상(神像) 뒤에 숨어 있던 파리스가 독화살을 쏘아 적장의 발뒤꿈치를 꿰뚫는다. 얘기는 여기서 끝나지 않는다.

오비디우스는 「변신이야기」에서 트로이 전쟁의 뒷이야기를 다루었다. 그리스 군이 트로이를 함락한 뒤 전리품을 수습할 때, 당연히 여성들도 셈에 넣었다. 왕비 헤카베는 오디세우스의 차지가 됐다. 그런데 아킬레우스의 유령이 나타나 자신의 몫으로 폴릭세네를 요구한다. "나를 두고 그대들은 떠나는구나. 내 용기에 대해 감사하는 마음은 나와 함께 묻어버리고. 이럴 수는 없는 일. 내 무덤은 적절한 명예를 누려야 한다. 폴릭세네를 제물로 바쳐 아킬레우스의 혼을 달래고 떠나거라!" 죽은 영혼에게 전리품을 어찌 맡기는가. 폴릭세네의 목숨을 바치는 수밖에 없다. 아킬레우스의 아들 네오프톨레모스가 칼을 쥐고 다가선다. 그런데 이 여인을 보라. 폴릭세네는 네오프톨레모스와 눈을 똑바로 마주치며 말한다.

"나 폴릭세네는 노예로 죽지 않을 것이다. 자유인 처녀의 몸으로 스

샤를 르 브룅, 「폴릭세네의 죽음」

틱스의 망령들에게 내려가게 하라. 나는 처녀이니 남자의 손이 닿지 않게 하라. 너희들에게 말하는 사람은 노예가 아니다. 프리아모스 왕의 딸 폴릭세네다!"

폴릭세네는 네오프톨레모스 앞에서 자신의 옷을 찢어 젖가슴을 드러낸 뒤 가슴을 찌르라고 했다. 이건 부탁도 요구도 아닌, 공주에게 어울리는 '명령'이었다. 그녀의 고귀한 모습에 지켜보던 그리스 병사들마저 감동했다. 모두가 눈물을 흘리는 가운데 칼을 움켜쥔 네오프톨레모스조차 주저한다. 그러나 운명은 정해진 것. 마침내 칼날이 폴릭세네의 심장을 꿰고 말았다. 그녀는 평온한 표정을 잃지 않았다. 트로이의 공주로서, 순결한 자유인으로서 죽는다는 사실을 알았기에. 숨이 끊어지는 마지막 순간에도 가슴을 풀어헤친 채 쓰러지지 않으려고 옷깃을 여몄다고 한다. 네오프톨레모스는 폴릭세네의 시신을 아킬레우스가 묻힌 곳에 안장했다.[5]

그리스 신화에는 극단적인 가부장제 이데올로기가 잠복했다. 여성들은 대개 무력하며 종속된 존재다. 트로이의 전장은 최악의 구렁텅이. 여성은 인간도 아니다. 신들에게 바치는 제물, 인간들에게 주는 상품, 싸움에서 이긴 자의 전리품일 뿐이다. 그나마 값싼 재물이다. 파트로클로스의 장례식 뒤풀이로 열린 운동경기에 상품으로 내걸린 여인의 값은 무쇠 세발솥만도 못하다. 무쇠 솥은 소 12마리, 수공예에 능한 여인은 4마리 값이다. 이 아수라도(阿修羅道)에서 고고히 죽음을 맞이하기에, 트로이 공주 폴릭세네는 눈부신 존재다. 그녀의 어머니 헤카베에게 아가멤논의 전령 탈티비오스가 소식을 전한다. 당신의 딸은 품위 있게 죽었다고.

지오반니 프란체스코 로마넬리, 「폴릭세네의 희생」

헤카베는 담담하게 받아들인다.

"네가 고매한 태도를 보였다는 말을 전해 들으니 과도하게 비탄할 마음이 내키지 않는구나. 고귀한 자는 고귀한 자로 남아 어떤 불행에 의해서도 본성이 파괴되지 않고 항상 선하다." (에우리피데스, 「헤카베」)

페넬로페

네가 이타카로 가는 길을 나설 때,
기도하라, 그 길이 모험과 배움으로 가득한
오랜 여정이 되기를
라에스트리고네스와 키클로페스
포세이돈의 진노를 두려워 마라

네 생각이 고결하고
네 육신과 정신에 숭엄한 감동이 깃들면
그들은 네 길을 가로막지 못하리니
네가 그들을 영혼에 들이지 않고
네 영혼이 그들을 앞세우지 않으면
라에스트리고네스와 키클로페스와 사나운 포세이돈
그 무엇과도 마주치지 않으리
기도하라, 네 길이 오랜 여정이 되기를

크나큰 즐거움과 크나큰 기쁨을 안고

미지의 항구로 들어설 때까지

네가 맞이할 여름날의 아침은 수없이 많으니

페니키아 시장에서 잠시 길을 멈춰

어여쁜 물건들을 사거라

자개와 산호와 호박과 흑단

온갖 관능적인 향수들을

무엇보다도 향수를, 주머니 사정이 허락하는 최대한

이집트의 여러 도시들을 찾아가

현자들에게 배우고 또 배우라

언제나 이타카를 마음에 두라

네 목표는 그 곳에 이르는 것이니

그러나 서두르지는 마라

비록 네 갈 길이 오래더라도

늙어져서 그 섬에 이르는 것이 더 나으니

길 위에서 너는 이미 풍요로워졌으니

이타카가 너를 풍요롭게 해주길 기대하지 마라

이타카는 너에게 아름다운 여행을 선사했고

이타카가 없었다면 네 여정은 시작되지도 않았으니

이제 이타카는 너에게 줄 것이 하나도 없구나

설령 그 땅이 불모지라 해도 이타카는

너를 속인 적이 없고, 길 위에서 너는 현자가 되었으니

여자이야기

그리스 시인 콘스탄티노프 카바피가 쓴 「이타카」다. 국내에 번역 시집이 나와 있다. 그러나 시집보다 브라질 작가 파울로 코엘료의 소설 『오자히르』에 인용됨으로써 더 크게 알려지지 않았을까. 'O Zahir'는 아랍어다. 신의 아흔아홉 가지 이름 중 하나라고 한다. '어떤 대상에 대한 집념, 집착, 탐닉, 미치도록 빠져드는 상태, 열정 등을 가리킨다.' 그것은 신의 두 얼굴처럼 난폭하거나 자비롭다. 그리고 바다의 인간임에 틀림없는 그리스 사람들에게 에게해와 지중해가 바로 그러했을 것이다. 바다는 신의 다른 이름일까. 트로이 전쟁의 영웅 오디세우스가 헤매고 다닌 지중해의 구석구석은 어쨌거나 신의 품 안 어느 자리였으리. 그가 신의 저주를 받아 헤맨 지중해는 프랑스 시인 장 그르니에가 「지중해의 영감」에서 노래한 아름다운 북아프리카와 유럽의 내해가 아니었다. 성경 속에서 사도 바울이 디모테오에게 '겨울이 되기 전에 오라'고 일렀을 만큼 혹독한 바다였다.

오디세우스는 이타카의 왕이었다. 이타카는 그리스 서해안 이오니아 제도에 있는 섬이다. 호메로스가 「오디세이아」에서 묘사한 풍경들과 일치하는 곳이 많기에 시인의 고향으로 추정하기도 한다. 「오디세이아」에 나오는 아레투사의 샘은 섬의 남동쪽 끝에서 바다로 이어지는 절벽 아래서 솟는 샘과 흡사하다. 네리토스 산, 네이온 산, 포르키스 항구, 오디세우스의 도시와 왕궁, 물의 요정 나이아스들의 동굴 등 「오디세이아」에

장 프랑수아 라그레네, 「오디세우스의 편지를 읽는 페넬로페」

여자이야기

등장하는 장소라고 추정할 만한 지리적 특징이 여럿 발견되었다. '오디세우스의 성'으로 알려진 유적이 섬의 북서쪽에 있다. 이타카에서 트로이까지는 배로 하루면 닿을 거리이다. 고대에는 시간이 더 걸렸을 수 있다. 오디세우스가 트로이 전쟁에 참전했다가 고향에 돌아오기까지 20년이 걸렸다. 전쟁터에서 10년을 보냈고, 지중해 곳곳을 떠도느라 10년을 허비했다. 그의 방황이 신의 뜻이었다면 무의미한 방랑은 아니었을지 모른다. 오디세우스의 아내 페넬로페에게 그 20년은 어떤 의미였을까.

오디세우스는 트로이 원정을 떠나기 전에 오랜 친구 멘토르에게 어린 아들 텔레마코스의 교육과 집안의 대소사를 맡긴다. 전쟁은 하염없이 피와 시간을 들이켜고, 주인이 왕좌를 비운 이타카는 난장판과 다름없다. 왕비인 페넬로페와 결혼하기를 원하는 구혼자들이 왕궁으로 몰려들어 먹고 마시며 소란을 피운다. 이들은 점점 난폭해져서, 이타카 왕궁의 시녀들을 겁탈하는가 하면 페넬로페에게 결혼을 청하기보다는 강요하는 지경에 이른다. 아들 텔레마코스의 목숨마저 위태로울 지경이다. 페넬로페는 이들에게 연로한 시아버지 라에르테스를 위해 수의를 짜는 중인데 그 일이 끝나면 구혼자들 중 한 사람을 남편으로 맞이하겠다며 시간을 번다. 페넬로페는 낮에는 천을 짜고 밤에 몰래 다시 풀어버리며 3년을 버텨냈다. 하지만 이마저 하녀의 배신으로 들통이 나고 말았다. 페넬로페는 구혼자들에게 오디세우스가 쓰던 활을 구부려 도끼자루에 낸 구멍 열두 개를 꿰뚫는 사람과 결혼하겠다고 선언했다.

오디세우스가 이타카에 도착했을 때는 바로 이 무렵이다. 거지로 변장한 그를 아무도 알아보지 못한다. 페넬로페도 자기 앞에 나타난 남편을 알아보지 못한다. 늙은 시녀 에우리노메 만이 오디세우스의 발을 씻어 주다가 그의 다리에 난 상처를 보고 주인임을 알아보았을 뿐이다. 오디세우스는 트로이 전쟁이 벌어지기 전에 멧돼지를 사냥하다 다리에 상처를 입었던 것이다. 에우리노메보다 앞서 오디세우스를 알아본 존재가 있다면 사냥개 아르고스다. 오디세우스가 20년 전 트로이로 떠난 뒤 아무도 아르고스를 돌보지 않았다. 성문 밖 거름더미 위에 누운 아르고스는 늙은 데다 성한 곳이 한 군데도 없다. 몸에는 벌레가 들끓었다. 그러나 이 충견은 20년 전 자신을 이끌고 사냥터를 누빈 주인의 목소리를 알아듣는다. 꼬리를 치고 두 귀를 내렸지만 주인에게 다가갈 기력이 남아 있지 않다. 마음이 굳기가 철석같은 사내 오디세우스의 얼굴에 뜨거운 눈물이 흐른다. 이야기는 이제 막바지로 치닫는다.

아무도 오디세우스의 활을 구부리지 못한다. 트로이 전쟁사를 전하는 신화는 오디세우스를 꾀가 많은 인물로 묘사한다. 그러나 「오디세이아」를 보면 완력도 대단했음을 알 수 있다. 오디세우스는 "마치 커다란 하프나 노래를 잘 익힌 사람이 양쪽 끝에다 잘 꼰 양의 창자에서 뽑은 실을 건 후, 익숙하게 새 줄을 고리에 죄는 것처럼" 힘들이지 않고 활시위를 죄었다. 오디세우스는 화살을 쏘아 나란히 세워 놓은 도끼 구멍 열두 개를 한 치도 어김없이 모두 꿰뚫어버렸다. 그 다음은 피의 향연. 아들 텔레마코스가 미리 가져다 숨겨놓은 무구를 휘둘러 이타카의 왕궁을 소란스럽게 만든 구혼자들을 남김없이 쓸어버리는 것이다. 이 이야기를 전

토마스 세튼, 「페넬로페」

해 듣고도 페넬로페는 남편의 귀환을 믿지 못한다. 그래서 오디세우스를 시험하는데, 매개물은 침대다. 페넬로페는 유모 에우리클레이아에게 "그의 침대를 침실 밖으로 내오라."고 한다. 하지만 그 침대는 움직일 수 없다. 안마당에 있는 잎사귀가 긴 올리브나무를 기둥 삼아 침대와 방을 만들었기 때문이다. 오디세우스가 침실과 침상의 구조와 제작 과정을 설명하니 페넬로페는 비로소 남편 앞에 나아가 무릎을 꿇고 입을 맞춘다.

오디세이아와 그리스의 여러 신화에서 페넬로페는 생사를 알 길 없는 남편을 묵묵히 기다리며 가족과 가정을 지켜낸 왕비이자 아내다. 그녀의 인내와 정절은 사회적이고 문화적인 여성의 표본이자 미덕으로 인식되었다. 그러나 알베르토 모라비아는 『경멸』에서 다른 해석을 내놓는다. 오디세우스의 긴 귀향길은 스스로 선택한 결과다. 이유는 페넬로페와 관계가 불편했기 때문이다. 오디세우스가 돌아오자 페넬로페는 자신의 수절이 남편이 아니라 자기의 인품을 지키기 위한 것임을 밝힌다. 오디세우스가 페넬로페의 사랑을 되찾기 위해서는 수많은 구혼자들을 물리쳐야 한다는 것이다. 오디세우스는 질투하거나 폭력에 호소하는 사내가 아니다. 그러나 아내의 자존심을 지켜내려면 살인을 피할 수 없다. 그래야 페넬로페가 자신을 경멸하지 않을 것이며 남편으로서 사랑해줄 테니까. 오디세우스는 피비린내 나는 살육으로 귀향을 축하할 수밖에 없다. 페넬로페의 존경과 사랑을 다시 얻기 위해 학살을 자행한 것이다.

여자이야기

야만인, 야만인!

홍은숙은 비극이 고대 그리스의 시민과 민주정(民主政)의 출현 같은 사회적 배경을 표상한다고 설명했다. 그는 아리스토텔레스의 『시학』 제6장을 빌려 비극을 "크기를 가진 고귀하고 완전한 행동의 모방"으로 정의한다. '크기를 가진 행동을 모방한다.'는 말은 '위대한 행동을 모방'한다는 뜻이니 '완전히 실현된 행위', '극한에 도달한 행위'이다. 홍은숙이 보기에 (아리스토텔레스의 견해로 봤을 때도) 비극이란 '사회적 배경' 하에서 완전하며 위대한 행위를 모방하는 것이다.[4]

신들의 이야기나 트로이 전쟁사를 읽어 내려가는 동안 구체적으로 설명할 수 없지만 아주 강력한 힘을 느낀다. "내가 말한다. 너는 들어라." 이건 신들이 인간에게 내리는 명령이다. 신화는 왜 이러한 방식으로 인간에게 전승되는 걸까. 신화에 대한 일반적인 이해 방식은 지극히 남성 중심의 우주 안에서 이루어지는 기계적 작동에 지나지 않는다. 그리스의 신화와 비극은 탁월함에 대한 찬송이지만 일방적이고 야만적인 일면을 지닌다. 또한 신화의 세계, 트로이는 여인들의 지옥도를 펼쳐 보인다. 죄 없는 트로이 여인들이 겪는 고통은 참혹하다. 죄는 어디에 있는가. '전쟁 그 자체'다.

트로이 전역(戰役)에 참여한 남성들은 그리스 세계에 명성이 자자한 영웅들이다. 그러나 영웅의 풍모란 찰나를 스치는 별빛과 같다. 서사의 행간은 정의도 체면도 밑바닥 인성마저도 찾아보기 어려운 수컷들의 포효로 얼룩진다. 탐욕은 성스러운 분노에 우선한다. 「일리아스」는 아가멤논에게 브리세이스를 빼앗긴 아킬레우스의 분노로 막을 열지 않는가. 10년 전쟁이 끝난 뒤, 전후 처리 과정에서도 여성의 인격이나 처지에 대한 고려 따위는 없다. 아가멤논은 트로이의 공주 카산드라를, 오디세우스는 왕비 헤카베를, 아킬레우스의 아들 네오프톨레모스는 아킬레우스 손에 죽은 헥토르의 아내 안드로마케를 차지했다. 카산드라의 자매 폴릭세네는 아킬레우스를 위한 희생 제물이 되어 목숨을 내놓았다.[5]

독자들에게 에우리피데스는 낯익은 시인이다. 메데이아의 운명을 살필 때, 시인은 얼마나 생생하게 사랑과 결별의 파토스를 우리에게 실감케 했던가. 결코 평범하지 않은 이 아테네의 시인이 기원전 415년 봄, 또 하나의 문제작 「트로이의 여인들」을 세상에 내놓는다. 이 작품 역시 영웅 신화 중심의 그리스 비극에서 특별한 위치를 차지한다. 오은하는 「트로이의 여인들」을 패배한 자의 드라마로 보되, '비범한 자의 분투 끝 비극적 패배가 아니라 개인으로서는 그다지 두드러지지 않는 평범한 이들의 집합적인 고통과 절망을 무대화했다는 점'에서 특별함을 찾아낸다.

그러면서 이제껏 예술 작품의 주인공으로서의 자격이 없었던 자들이 자신의 목소리와 모습을 드러낸다는 홍은숙의 주장을 인용한다.

오은하가 "승전국 영웅들이 아니라 패전국 여인들이 새로운 정치적 주체로 등장하는 주체화 과정"을 보여준다는 홍은숙과 온전히 같은 시각에서 에우리피데스의 작품을 보는 것 같지는 않다. 홍은숙의 글을 조금 더 읽자면, "예술 작품의 주인공으로서의 자격이 없었던 자들에게 자격을 부여하고, 예술적인 것과 그렇지 않은 것의 경계를 와해시키며 새로운 종류의 '예술'을 가시화했을 때" 예술에서 정치가 실행된다. 트로이의 여인들은 영웅도 아니고 명예롭게 최후를 맞이한 전사도 아니다. 노예, 성적 노리개, 무쇠 솥 값에도 못 미치는 가련한 존재.

"이 배제된 자들이 에우리피데스의 비극에서 주인공으로 등장하여 어떤 민주적인 지위를 획득한 미학적 주체로 부상한다."

에우리피데스가 「트로이의 여인들」을 무대에 올렸을 때는 펠로폰네소스 전쟁(기원전 431-404년)이 한창이었다. 페르시아 전쟁을 승리로 이끌고 지중해의 주인이 된 그리스 세계의 두 강자 아테네와 스파르타를 중심으로 여러 도시국가가 참전했다. 당시로서는 세계대전이라고 해도 과언이 아니었다. 기원전 416년 여름, 아테네는 스파르타에 우호적이라는 이유로 섬나라 멜로스를 침공했다. 성인 남성은 모두 학살하고 여성과 아이들은 노예로 삼았다. 당시 아테네 군대는 제해권을 장악하기 위해 시칠리아 원정을 계획하고 있었다. 에우리피데스는 피비린내 선연한 시대적 불안을 시인다운 본능으로 포착하여 「트로이의 여인들」에 그려냈다. 이 작품에는 호소와 예언이 범벅되어 관객을 참담한 감정 속으로 몰 아넣는다.

아테네의 공격을 받은 멜로스는 중립을 제안하며 국체를 유지하려 했으나 아테네는 냉혹했다. 투키디데스는 「펠로폰네소스 전쟁사」에서 아테네인의 입을 빌려 말했다. "강대국은 할 수 있는 일을 할 뿐이고, 약 소국은 당할 것을 당할 뿐이다." 멜로스가 소국에 대한 대국의 정의(正 義)를 거론하자, 아테네는 "정의는 힘이 있는 국가만이 주장할 자격"이 있다며 일축했다. (전봉근) 멜로스는 스파르타의 지원을 기대했지만 스파 르타는 멜로스에 군대를 보내지 않았다. 2500년이나 지났지만 세상은, 아니 인간은 조금도 달라지지 않았다. 러시아의 우크라이나 침공을 보 라. 우크라이나의 절박한 호소에도 미군이나 나토의 군대는 전장에 들어 가려 하지 않는다. 어떻게든 알아서 살아남으라는 것.

1964년 여름, 프랑스의 사상가이자 작가인 장 폴 사르트르는 「트로이 의 여인들」을 번역하는 일에 매달렸다. 단순한 문장 번역만은 아니었다. 그리스 비극의 복잡한 구조를 정리하여 현대극 형식으로 바꾸는 작업을 더했다. 등장인물과 구성, 인물의 등장 순서 등 대부분의 내용은 에우리 피데스의 작품과 다르지 않다. 그러나 사르트르는 신화를 통해 당대 그리 스의 현실을 드러낸 에우리피데스가 그랬듯 그의 고전 번역에 프랑스의 현실을 담아냈다. 제국주의의 유산인 알제리 전쟁의 상처는 그대로였고, 미국의 베트남 침공은 카운트다운에 들어갔다. 사르트르는 그리스와 트 로이의 갈등을 명백하게 유럽과 제3세계의 대비로 옮겨놓는다.

안드로마케의 부르짖음.

　　　유럽인들이여,
　　　당신들은 아프리카와 아시아를 경멸하고
　　　아마도 우리를 야만인이라 부르겠지,
　　　하지만 탐욕과 자만이
　　　당신들을 우리에게로 밀어 던졌고
　　　당신들은 약탈하고, 고문하고, 학살하지.
　　　그래, 어느 쪽이 야만인인가?
　　　당신들, 그리스인들, 인간다움에 그다지도 자부심을 느끼는 이들,
　　　당신들은 어디 있나?
　　　분명히 말하건대, 우리들 중 어느 하나도
　　　당신들이 내게 한 짓을
　　　양심의 가책 없이
　　　어느 어머니에게도 저지르지 못할 것이다.
　　　야만인! 야만인!

그리고 포세이돈의 예언과 저주.

　　　이제 너희들이 대가를 치를 것이다.
　　　전쟁을 벌여라, 멍청한 인간들이여,
　　　밭과 도시들을 유린해라,
　　　사원과 무덤들을 범해라,

야만인, 야만인!

그리고 패배자들을 고문해라.

그로 인해 너희들은 죽을 것이다.

모두 다.

오이디푸스 3부작

전쟁은 영원히 죄악이다. 세상에 정의로운 전쟁은 없다. 사람은 죽어야 하고, 도시는 불타야 한다. 슬픈 일은, 역사 이래 어떠한 제국도 전쟁을 망설인 적이 없다는 사실이다. 힘이 있으면 그 힘을 반드시 쓴다. 이집트, 바빌로니아, 히타이트, 아시리아, 페르시아…. 고대 제국의 역사는 모두 전쟁사다. 대제국에 비하면 한 줌밖에 되지 않는 고대 이스라엘도 알량한 힘이나마 고이면 주변을 치러 나섰다. 마케도니아의 알렉산드로스도 전쟁광을 면치 못했다. 전쟁은 과거의 이야기인 동시에 현재의 비극이다. 량치차오(梁啓超)는 『신민설』에 이렇게 적었다.

알렉산드로스와 카를(대제)과 칭기즈칸과 나폴레옹이 있었다. 그들은 모두 웅대한 계획을 품고 원정에 나서 대지를 유린하고 약한 나라들을 병합했다. 그러나 고대의 제국주의는 한 사람의 웅대한 마음에 기반을 둔 것이다. 그에 비해 민족제국주의는 민족의 팽

창력에 기반을 둔 것이다. 고대제국주의는 권위에 의해 움직이지만 민족제국주의는 추세에 의해 움직인다. 그러므로 고대제국주의의 침략은 한때에 지나지 않으니 폭풍우와 같이 날이 밝기도 전에 그친다. 그러나 민족제국주의의 진행은 오래도록 멀리 가며 나날이 확대되고 나날이 심화된다.

트로이에 몰려간 그리스 연합군은 정의를 실현하러 간 게 아니다. 성읍을 파괴하고 시민을 도륙했으며 여성을 강간하고 납치하고 재물을 약탈해 저마다의 근거지로 돌아갔다. 아가멤논은 미케네로, 오디세우스는 이타카로, 아킬레우스는 지옥으로. 이 지옥도 속에서 여성은 인간이 아니다. 트로이의 귀부인들이 맞이한 운명을 떠올려보라. 오랜 시간이 지나 이 도시의 이야기는 브래드 피트가 출연한 영화 『트로이』처럼 너절하고 앞뒤도 맞지 않는 이야깃거리가 되어간다. 뭐가 됐든, 피비린내 진동하는 트로이 전쟁 이야기는 이제 그만 하자. 여성 질곡의 만물상 같은 그리스 신화의 한가운데서 빛을 내는 한 여성을 맞으려면 입언저리의 혈흔을 지우고, 온몸에 밴 피 냄새를 지워야 한다.

그녀의 이름은 안티고네. 테바이의 공주이며 오이디푸스 왕의 딸이다. 폴리네이케스와 에테오클레스가 오라비요, 동생 이스메네와 자매간이다. 저주받은 가문의 질곡을 온몸으로 받아내었으되 고귀한 인간으로서 한 생애를 단정하게 마감한 여인. 안티고네의 이야기는 두 부분으로 나누어 읽어야 한다. 불행한 영웅 오이디푸스가 아비였기에, 또한 아비

여자이야기

질 외젠 르네프뵈, 「폴리네이케스의 시신을 거두는 안티고네」

떠난 권좌를 다투다 죽은 두 오라비의 동생이었기에 안티고네의 삶이란 형극의 길일 수밖에 없었으니. 오늘날 우리는 소포클레스가 기원전 441년에 쓴 비극을 통해 안티고네의 생애를 읽는다. 「안티고네」는 「오이디푸스 왕」, 「콜로노스의 오이디푸스」와 더불어 비극의 3부작을 이룬다.

테바이는 어디인가. 그리스 보이오티아 지방의 수도로서 아테네 북서쪽으로 50㎞ 거리에 있다. 해발고도 215m의 평원에 자리를 잡았다. 북쪽은 일리키 호수, 남쪽은 시테론 산이 가로막고 있다. 도시의 운명은 순탄하지 않았다. 고대 중부 그리스의 제1도시로서 페르시아 전쟁 때에는 페르시아 쪽에, 펠로폰네소스 전쟁 때에는 스파르타 편에 섰다. 그리스 반도의 패권국으로 떠오른 마케도니아의 알렉산드로스가 즉위한 이듬해(기원전 335년)에 반란을 일으켰다가 도시는 파괴되고 시민들은 노예로 팔려 나갔다. 알렉산드로스가 죽은 다음 마케도니아의 카산드로스 왕이 기원전 315년 테바이를 재건했다. 그러나 옛 명성을 되찾지는 못했다.

독자께서 혹 오이디푸스의 생애를 몰라도 '오이디푸스 콤플렉스'는 알 것이다. 적어도 들어보았을 것이다. 오이디푸스 콤플렉스는 '아들이 어머니를 차지하고자 하는 욕망에 근거한 생각, 원망, 감정의 복합체'다. (우리말샘) 쉽게 설명하면 '아들이 무의식적으로 동성의 아버지를 멀리하고 이성의 어머니를 좋아하는 잠재의식'이다. 지그문트 프로이트는 1899년에 출간한 『꿈의 해석(Die Traumdeutung)』에서 이 개념을 제시했다. 프로이트는 이 현상이 3~5세 사내아이에게서 분명히 나타나며, 잠재기(潛在期)에는 억압이 된다고 보았다.

여자이야기

그는 오이디푸스 콤플렉스를 남성의 정상적인 발달과정에서 매우 중요한 단계라고 보았다. '아버지처럼 자유롭게 어머니를 사랑하고 싶다.'는 원망(願望)은 '아버지와 같이 되고 싶다'는 선망으로 변화하면서 아버지와의 동일시(同一視)가 이루어진다. 여기에서 초자아(超自我)가 형성이 된다. 사내아이가 오이디푸스 콤플렉스를 극복한 다음 성인으로서의 성애로 발전한다. 그러나 이 일이 쉽지만은 않은데, 신경증환자들은 대개 오이디푸스 콤플렉스를 극복하는 데 실패한 사람들이라는 것이 프로이트의 주장이다.

이론은 건조하다. 그러나 오이디푸스 콤플렉스의 신화적 배경은 끔찍할 따름이다. 온통 피범벅. 불륜과 폭력, 살인으로 점철됐다. 오이디푸스는 자신의 아비를 죽이고 생모와 결혼해 사남매를 낳는다. 신(神)의 개입으로 사실을 알게 된 생모이자 아내는 스스로 목숨을 끊는다. 오이디푸스는 스스로 제 눈을 파내고 소경이 되어 천지간을 떠돈다. 아비가 비운 권좌를 다투던 형제는 나란히 죽음을 맞고, 그 중에 하나는 땅에 묻히지도 못하는 신세가 된다. 이 참혹한 멸문의 연대기는 고귀한 여성 안티고네에 의해 정화되어야 한다. 안티고네는 이성적이며 도덕적이고, 무엇보다도 자주적인 영혼으로서 피투성이 심연을 비추는 새벽별처럼 반짝인다.

그리스 비극시인 소포클레스는 오이디푸스 가문의 이야기를 3부작으로 완성한다. 아리스토텔레스는 『시학』에서 「오이디푸스 왕」을 소포클레스의 가장 위대한 비극이라고 평가했다. 피할 수 없는 운명과 그로 인한 갈등, 그리고 이를 풀어내는 인물의 결정이 작품의 극적 구조를 형성하고 있다. 소포클레스는 치밀한 구성, 긴장의 상승, 인식과 발견이라는 극적 장치를 완벽하게 구사했다. 아리스토텔레스는 관객이 위대한 인간의 파멸을 지켜보면서 가슴속에서 '공포와 연민'이 일어나 카타르시스를 느끼며, 극의 등장인물을 동정하여 비극을 느낀다고 하였다. 테바이의 왕 오이디푸스는 자신의 숙명에서 벗어나려다 오히려 숙명과 정면으로 맞닥뜨린다. 그리스 비극 가운데 관객의 기억 속에 가장 강렬한 이미지를 남기는 작품이다.

신들의 법, 인간의 명령

테바이에 전염병이 돈다. 백성들이 오이디푸스 왕에게 탄원한다. 또 한 번 구원의 길을 열어 달라고. 스핑크스를 제거해 테바이의 백성들을 속박에서 벗어나게 했듯이. 이때 처남(이자 외삼촌) 크레온이 아폴론의 신탁을 가지고 돌아온다. 선왕 라이오스는 도둑의 손에 죽었으며, 그 하수인을 처벌해야 전염병이 사라지리라는 것이다. 왕은 맹세한다. 나라와 신을 위하여 범인을 찾아내 더러운 피를 씻어 내겠노라고. 그러나 아무도 범인이 누구인지 말하지 않는다. 다만 눈이 먼 예언자 테레시아스가 불길한 말을 남긴다.

"라이오스 왕을 죽인 자는 바로 여기 있소. 이방인으로 알려졌지만 사실은 테바이 사람이요. 그는 자신의 운명을 기뻐하지 않을 것이니, 밝았던 눈은 멀고 존귀한 몸은 거지가 되어 지팡이를 벗 삼아 낯선 땅을 헤맬 것이오. 그는 자식들의 아비이자 형제이며, 자신을 낳은 어미의 남편이자 아들이고, 아버지를 살해한 자요."

그때 고향 코린토스에서 전갈이 온다. 부왕(父王)이 세상을 떠났으니 왕위를 이어받으라는 것이다. 오이디푸스는 돌아가기를 꺼린다. 어릴 때 들은 예언 때문이다. '아버지를 죽이고 어머니를 아내로 삼을 운명'이라는. 코린토스의 사자(使者)는 죽은 왕은 오이디푸스의 친아버지가 아니요, 키타이론 산에 버려진 아이를 데려다 길렀으니 걱정할 것 없다고 한다. 오이디푸스는 코린토스에서 자란 라이오스의 아이가 자신이라는 사실을 알게 된다. 아버지를 죽이고 어머니와 결혼한 자가 바로 자신임도. 사실을 안 왕비 이오카스테는 스스로 목숨을 끊고, 오이디푸스는 자기 눈을 찔러 장님이 되어 유랑의 길에 나선다. 여기까지가 「오이디푸스 왕」의 줄거리다.

이야기는 「콜로노스의 오이디푸스」로 이어진다. 왕은 인생의 끝자락에 접어들었다. 안티고네가 아비를 보살핀다. 그들이 도착한 곳은 아테네의 변방 콜로노스. 월계수, 올리브, 포도넝쿨이 무성하고 꾀꼬리가 지저귀는 성스런 땅이다. 오이디푸스는 자신에게 내린 신탁을 알고 있다.

"콜로노스의 성지에서 그의 유랑은 멈출 것이요, 그를 맞이하는 자에게는 축복이 따르고 쫓는 자에게는 멸망이 있을 것이다."

이 무렵 오이디푸스의 두 아들은 아비가 비운 왕위를 노리고 있다. 오이디푸스는 무자비한 현실 앞에서 절망한다. 아들 폴리네이케스와 처남 크레온은 저마다 욕심을 채우려고 오이디푸스의 후원을 요구한다. 오이디푸스가 죽은 다음에는 시신을 차지하려 든다. 시신을 지키는 쪽이 전쟁에서 승리하리라는 신탁 때문이다. 오이디푸스는 그들의 이기심을

여자이야기

꾸짖고 어느 쪽도 편들지 않는다. 아테네 왕 테세우스의 도움에 힘입어 어지럽혀진 마음을 정리하고 고요히 죽음을 맞는다. 이제 「안티고네」로 넘어간다.

크레온이 테바이의 왕이 되었다. 오이디푸스의 맏이 폴리네이케스는 아르고스 동맹국들의 힘을 빌려 테바이를 공격한다. 동생 에테오클레스가 대항한다. 테바이가 이겼으나 오이디푸스의 두 아들은 서로 찔러 함께 죽는다. 크레온은 에테오클레스는 후히 장사지내되 폴리네이케스의 시신은 들짐승과 날짐승들의 먹이가 되도록 버려두라 명한다. 그러나 안티고네는 이 명령을 어기고 폴리네이케스의 장례를 치르기로 한다. 동생 이스메네가 만류한다.

"왕권을 손상시킨다면 비참한 죽음을 당할 거예요. 무엇보다도 우린 여자예요. 남자와 싸우도록 태어나지 않았어요. 게다가 우리보다 강한 힘의 지배를 받고 있어요."

아마도 이러한 대목 때문에, 박이은실은 '아버지 남성의 법과 질서, 즉, 가부장제'를 문제의 핵심이라고 썼을 것이다. 그는 '크레온이 조카인 안티고네의 말을 눈곱만큼도 들으려 하지 않은 이유는 안티고네가 여자이기 때문이었다.'고 했다. 안티고네는 파수병에게 붙들려 크레온 앞에 끌려간다. 소포클레스는 이 장면에서 불꽃과도 같은 언어로 크레온과 안티고네의 대립을 그려낸다. 먼저 크레온이 묻는다.

"네가 그런 짓을 했느냐, 안 했느냐?"

안티고네가 대답한다.

"했습니다."

"내 명령으로 그 일을 금하고 있음은 알고 있었겠지?"

"알고 있었습니다. 세상이 다 아는 일인데요."

"그런데도 감히 그 법을 어겼단 말이냐?"

"그 법을 제게 내리신 분이 제우스 신은 아니시고, 정의의 신도 사람의 세상에 그런 법을 정해 놓지는 않으셨습니다. 글자로 기록되지 않았을지라도 확고한 하늘의 법을 사람으로 태어난 몸이 넘어설 만큼 임금님의 법령이 강하다고 생각하지 않습니다. 하늘의 법은 불멸한 것입니다. 인간의 생각을 두려워하지 않는 제가 신들 앞에서 인간의 법을 어긴 죄인일 수는 없습니다."

크레온은 꼭지가 돌아서 외친다.

"이 계집아이에게 벌을 내리지 않는다면 나는 사내가 아니고 이 계집애가 사내다. 비록 내 누님의 딸이고 어느 누구보다 가까운 피붙이지만 이 계집아이도 그 동생도 가장 비참한 운명을 면치 못할 것이다!"

크레온의 명으로 끌려나온 이스메네가 호소한다. "아드님의 약혼자를 죽이실 셈이냐."며. 크레온의 아들 하이몬은 안티고네와 결혼을 약속한 사이다. 크레온은 "씨받을 밭은 얼마든지 있다."며 안티고네를 석굴에 가둔다. 거기서 죽게 하려는 것이다. 하이몬이 호소한다.

"생각을 돌려 주소서."

크레온은 꿈쩍하지 않는다.

"내가 이 나라를 내 판단이 아니라 남의 판단으로 다스려야 하느냐?"

"한 사람의 소유물이라면, 그건 국가가 아닙니다."

"국가가 통치자의 것이 아니란 말이냐?"

"사람 없는 사막이나 통치하시죠."

"그 계집애 편을 드는구나. 이렇게 대놓고 애비에게 적대하다니, 괘씸한 놈!"

"아닙니다. 저는 아버님께서 정의를 어기심을 보기 때문입니다."

"나의 왕권을 존중하는 것도 잘못이냐?"

"신들의 명예를 짓밟으시면, 왕권을 존중하지 않는 것입니다."

크레온은 분을 삭이지 못했으나 "천륜을 어기면 하이몬이 죽는다."는 신탁을 듣고 안티고네를 사면하기로 마음을 고쳐먹었다. 그러나 안티고네는 스스로 목을 맸다. 하이몬도 자결했다. 아들이 죽었다는 소식을 들은 크레온의 아내 에우리디케도 자살했다. 테바이의 왕가에는 크레온만 남았다. 그는 절규한다.

"나는 얼마나 불행한 자인가. 얼굴을 돌릴 데도, 의지할 사람도 없다. 내 손에 있는 것은 다 빗나가고, 견딜 수 없는 운명이 머리 위에 떨어지고 말았으니!"

안티고네라는 아곤

「오이디푸스 왕」「콜로노스의 오이디푸스」「안티고네」로 이어지는 '테바이 3부작'을 쓴 소포클레스에게는 순진한 독자가 미처 보지 못했을 일면이 있다. '작가이며 고전 문헌학자'인 배철현이 설명했듯이, 고대 그리스의 지식인들은 논쟁에 이력이 난 책상물림들이 아니었다. 그들은 전쟁을 아는 군인이었고, 저마다 치열한 삶을 살았다. 시인 소포클레스만 해도 사모스 섬의 반란을 진압하기 위해 페리클레스와 함께 뽑힌 아테네의 아홉 장수 중 하나다. 이 사실은 기억해 둘 만한 가치가 있다.

배철현이 보기에 '안티고네(Antigone)'라는 이름은 모순이다. 그는 2018년 『한경닷컴』에 기고한 글에서 "'anti'는 '~을 대항하여'라는 의미이고 'gone'는 '자궁, 출산'이다. 번역하자면, '어머니가 상징하는 사회관습에 대항하여'라는 뜻"이라고 설명했다. 이런저런 글에서 안티고네의 이름을 '거슬러 걷는 자'라고 소개한다. 이 설명에 따르면 안티고네의 이미지가 선명해진다. 소포클레스 비극의 내용과 맥락, 안티고네의 죽음을 염두에 둔 주장이니 근거를 추궁하거나 정확한 어의를 다툴 필요는 없겠다.

법률가인 임준형은 「안티고네와 저항의 법사상」에서 배철현을 인용해 소포클레스의 작품이 던지는 질문을 요약한다. "인간론에 있어서는 '인간은 무엇인가?', '인생에 의미가 있는가?' 등이며, 정치철학적·법철학적 문제에 있어서는 '국가권력이 개인의 인권보다 중요한가?' '개인과 국가 간의 정치적 상황에서 개인이란 무엇인가?' '개인의 양심과 행복을 파괴하는 비이성적 권력으로부터 개인을 보호하기 위한 정치구조는 무엇인가?' 등이다." 그는 법철학적 질문, 즉 자연법과 실정법의 대립의 문제에 대해 먼저 설명한다.

크레온은 극단적인 법실증주의자다. "국가의 명령이 옳거나 심지어 옳지 않을 때도 복종해야 한다."라고 까지 주장한다. 여기 맞서는 안티고네는 개인의 양심을, 그리고 실정법을 초월하는 자연법을 상징한다. 아리스토텔레스는 『수사학』에서 안티고네를 자연법의 대표자로 평가했고, 게오르크 빌헬름 프리드리히 헤겔은 『정신현상학』에서 안티고네를 국가법에 대항하는 자연법의 대변자로 평가하였다. 안티고네는 또한 거슬러 걷는 자로서 '저항하는 자들'의 상징이 된다. 흑인 민권운동가 넬슨 만델라는 안티고네를 일컬어 "우리의 투쟁을 상징하는 인물"이라고 했다.

안티고네는 시민불복종 운동의 효시이기도 하다. 슬라보예 지젝은 『전체주의가 어쨌다구』에서 불복종 행동의 요체를 '말'이 아닌 '행동'으로 규정한다. 그가 보기에 안티고네의 불복종은 '자율성'과 '수행성'을 보여주며 결과적으로 권력자를 파멸로 이끌었다. 그러므로 안티고네는 '시민불복종의 전형적 사례'일 뿐 아니라 '저항과 민주주의의 상징'이 된다. 한편 여성주의 학자들은 '최초의 시민불복종자'였던 안티고네가 '여성'이라는 사실에 주목해 안티고네의 투쟁을 '가부장주의 질서에 맞선 여성의 투쟁'으로 해석한다.

그리하여 안티고네는 '가부장적 지배에 의식적으로 저항하는 인물'(퍼트리셔 밀스, 『헤겔에 대한 페미니스트적 해석』), '남성 중심적 사유에 도전하는 인물'(뤼스 이리가레, 『성적 차이의 윤리』)이 된다. 『안티고네의 주장』을 쓴 주디스 버틀러는 주목할 만하다. 정일권에 따르면 그는 "(오이디푸스가 아니라) 안티고네를 정신분석학의 새로운 출발점으로 제안하면서 대안적인 친족형태를 제시하고자 한다. (중략) 동성애 금기를 파계한 안티고네는 젠더유토피아주의적인 대안적 친족관계를 대표하는 것으로 이해"한다.

그러나 정일권은 논문 「오이디푸스와 안티고네는 성혁명의 상징인가?」에서 버틀러가 "비극을 필요로 했던 당시 사회정치적 메커니즘(희생양 메커니즘)의 코드를 읽어내지 못했다."고 비판한다. 그가 보기에 「안티고네」는 결코 급진적 페미니즘과 젠더 이데올로기를 지지하는 근거가 될 수 없다. 그리스 비극은 혁명과 전복의 텍스트가 아니라 그리스 폴리스의 번영과 안정에 기여하는 '정치적 호국문학'이었기 때문이다. 「안티고네」는 「오이디푸스 왕」과 마찬가지로 카타르시스를 위한 작품일 뿐 혁명과 전복을 선동하지는 않는다.

요제프 아벨, 「폴리네이케스의 발치에 앉은 안티고네」

정일권은 『그리스 비극 깊이 읽기』의 저자 최혜영을 인용해 말한다. 그리스 비극의 배경이 되는 나라는 아테네의 대척점에 선 폴리스였고, 비극 속의 주체적인 여성은 '여성이 남성 역할을 대신하는 나라=망조가 든 나라'임을 강조하는 극작술의 결과다. 소포클레스는 테바이를 안티고네 같은 여자가 남자같이 용감하고 크레온 같은 남자가 여자같이 비겁한 사회, 시체 매장이라는 신들의 불문율이 지켜지지 않는 사회, 명예로운 행동이 짓밟히는 사회, 왕실의 혈통이 끊긴 사회, 폭군이 지배하는 사회로 그려내고자 했다는 것이다.

프리드리히 빌헬름 니체는 그리스 비극을 아폴론적 요소와 디오니소스적 요소의 결합과 경쟁으로 설명했다. 아폴론적 요소는 질서, 개성화, 이성, 예술의 힘이다. 디오니소스적인 요소는 혼돈, 비이성과 형이상학적인 진리의 힘이다. 비극에 등장하는 인물들은 인간존재의 불합리성에 대면하여 절대적 기준이나 판단이 없는 상황을 겪는다. 이 운명의 순간에 대해 인간은 개인의 의지를 포기하여 회피를 택하거나 고집스런 행동을 통해 불합리성을 극복하는 행위를 한다. 「안티고네」의 인물들은 후자를 택한 예다.(우승정)

잔혹한 투쟁과 파괴가 지배하는 인간의 삶이 멸망하지 않는 이유는 무엇인가. 니체는 "파괴적 투쟁의 행동이 아니라 경쟁" 때문이라고 설명한다. 「안티고네」의 아곤(Agon:그리스 비극에 나오는 법정 논쟁)은 크레온도 안티고네도 승리하지 못한 채 막을 내린다. 우승정은 니체의 관점에서 「안티고네」의 아곤과 결말을 이해한다. 단일한 법과 윤리로 삶을 재단할 수 없다. 인간 사회는 하나의 가치로 지배하는 최강자를 원하지 않는다. 그런 강자를 허용하면 국가의 생명근거가 위험해진다. 법과 통치에 관한 의식도 경쟁이 계속 유지되어야 한다.

"대체 신들의 어떤 법을 내가 어겼나요? 불운한 내가 여전히 신들을 바라봐야만 하나요? 동맹자들 중 누구에게 말을 걸어야 하나요? 경건하게 행동하고서 불경죄를 얻었으니 말예요. 하지만 이것이 신들에게 좋게 보인다면, 나는 고통당하며 내가 잘못했다는 것을 깨닫겠지요. 하지만 저들이 잘못했다면, 저들이 내게 부당하게 저지른 것보다 더 큰 고통을 당하지 않게 되기를!" (안티고네의 마지막 연설)

기독교의 성경은 인간이 '하느님'의 창조물이며, 하느님을 모상으로 만들어졌다고 기록하고 있다. 모상(模像)이란 모방해 만든 상을 의미한다. 일반적으로 모상은 모조품, 조각품, 나아가서는 초상의 의미를 지닌 단어다. 따라서 모상이 된다는 의미는 하느님이 창조한 이 세상에서 하느님 모습을 가시적으로 드러낼 수 있는 존재, 즉 하느님 분신과도 같은 존재가 된다는 것이다. 따라서 '인간은 하느님 모상이다.'하고 정의하는 것보다는 '인간은 하느님 모상으로 창조되었다.'고 말하는 것이 더 옳을 것이다. 인간이 하느님을 닮았다는 것은 단순히 외형적 겉모습을 닮았다는 것이 아니다. 인간은 하느님 뜻을 따를 수 있으며, 양심을 통해 하느님을 닮을 수 있다는 것을 의미한다.(허영엽) 그렇게만 되면 얼마나 좋겠는가.

　사실 성경 속의 하느님은 변덕스럽고 인간을 멋대로 대한다. 은총을 내렸다가도 금세 분노하여 약속을 치워버린다. 그뿐인가. 걸핏하면 불 아니면 물로 쓸어버리겠다고 으름장을 놓는다. 아브라함에게 복을 주어 "네 자손을 땅의 티끌만큼 불어나게 하리라.”거나 “땅의 티끌을 셀 수 없듯이 네 자손도 셀 수 없게 될 것이다.”라고 맹세하지만 비슷한 약속을 대홍수에서 간신히 살아남은 노아에게도 이미 했다. 하느님은 아브라함이 100세에 이르러 얻은 아들, 아내 사라의 나이도 90세나 되어 낳은 이사악을 (비록 시험해 보기 위해서였다고는 하지만) 번제물로 바치라고 요구하기도 한다. “소돔과 고모라를 쓸어버리겠다.”고 다짐했다가 아브라함의 설득에 넘어가 그곳에 ‘죄 없는 사람이 남아 있다면’ 멸하지 않기로 한다. 기준이 될 죄 없는 사람의 수가 처음에는 50명이었다가 45명이었다가 40명이었다가 30명이었다가 20명이었다가 끝내는 10명으로 내려간다.

아무튼 기독교의 하느님은 인간을 창조했다. 아담도, 그의 배필도. 그리스 신화에서는 다르다. 인간은 유일신의 창조물이 아니고, 남자와 여자를 만든 작가도 따로 있다. 우선 프로메테우스가 인간을 만드는데, 이건 남자다. 프로메테우스는 진흙을 이겨 인간을 빚었다. 그 인간은 다른 동물들처럼 네 발로 기어 다니지 않기에 땅을 쿵쿵거리며 먹이를 찾지 않는다. 고개를 쳐들고 하늘의 뭇별을 보는 존재다. 인간들에게는 꿈이 있다. 보행의 의무에서 벗어난 팔과 두 손이 꿈을 현실로 만드는 도구가 되었다. 프로메테우스에게 동생이 있는데 이름이 에피메테우스다. 형의 이름은 ‘먼저 생각하는 자’라는 뜻인데 동생은 ‘나중에 생각하는 자’다. 형이 동생에게 시켜 온갖 동물들에게 먹고 살아갈 능력을 부여했다. 새에게 날개를, 곰에게 힘을, 뱀에게 지혜를, 사자에게 날카로운 발톱과 이를. 다 마쳤다고 생각했는데 어라, 인간을 깜빡했네. 더구나 여러 동물에게 재능을 나눠주고 보니 남은 게 없다.

프로메테우스가 뒤늦게 상황을 살피고는 황망해 한다. 고민하던 그는 신들의 세계에서 불을 훔쳐다 주기로 작정했다. 그가 어떻게 신들의 전유물인 불을 훔쳐냈는지에 대해서는 여러 이설(異說)이 있다. 아폴론의 태양마차 뒤에 숨었다가 마차가 하늘 길의 중간에 이르렀을 때 몰래 불을 훔쳤다고도 하고, 대장장이 신 헤파이스토스의 아궁이에서 훔쳤다는 이야기도 있다. 제우스가 가지고 다니는 벼락에서 몰래 불을 댕겼다는 이야기도 있다. 프로메테우스가 인간에게 훔쳐다 준 불은 문명의 불이다. 불을 소유하기 전까지 인간은 해가 뜨면 일어나고 해가 지면 잠자리에 들었다. 자연의 섭리에 순응했다. 그런데 어둠을 밝히는 불은 이러한 삶을 거역하는 길을 열어주었다. 먹는 것도 변했다. 자연 그대로의 날것을 먹던 인간이 불로 익혀서 조리된 음식을 취하면서 자연의 싱싱함과 순수함으로부터 멀어진다.(윤일권)

제우스는 프로메테우스를 가혹하게 처벌한다. 헤파이스토스가 만든 쇠사슬로 카우카소스 산 바위에 묶어놓고 독수리를 보내 프로메테우스의 간을 파먹게 했다. 파 먹힌 간에는 밤새 새살이 돋고, 그러면 다시 독수리가 쪼아 먹고…. 시시포스의 형벌처럼 신이 인간에게 내리는 벌은 가혹하다. 고통은 3천년 뒤 헤라클레스가 구해줄 때까지 계속되었다. 프로메테우스는 앞을 내다보는 능력이 있었으니 곧 예언자다. 그는 제우스도 모르는 비밀 하나를 알았다. 제우스는 제 아들에게 권력을 빼앗기고 쫓겨날 운명이었다. 제우스는 프로메테우스에게 물었다. 그 아들을 낳을 여인이 누구냐고. 어미를 없애 아들이 태어날 싹을 지우려는 심산이었다. 프로메테우스는 '조개'처럼 입을 다물어버렸다. 전령신 헤르메스를 여러 차례 보내 달래기도 하고 위협도 해보았다. 그러나 프로메테우스는 굴복하지 않는다. 헤르메스에게 원숭이 같은 놈이라고 욕을 해댄다.

로잔 사람 앙드레 보나르는 『그리스인 이야기』의 첫 권 아홉 째 장에서 아이스퀼로스의 작품 「사슬에 묶인 프로메테우스」를 다룬다.[6] 보나르는 사슬에 묶인 프로메테우스의 상태를 '자연의 품 안에 있다.'고 인식한다. 다름 아니라 프로메테우스가 바로 자연의 아들이고 대지의 여신의 아들이 바로 프로메테우스라면서. 그리스 사람들은 자연에 생명이 깃들어 있다고 믿었다. 그렇기에 프로메테우스(즉 아이스퀼로스)의 아름다운 호소는 독자의 마음을 사로잡을 수 있다.

> 하늘이여, 가볍게 불어오는 바람이여,
> 강의 원천과 바다의 배들 위로 불어가는 바람이여,
> 모두의 어머니인 대지여,
> 애원하오니, 하늘을 지나는 해여,
> 세상의 모든 눈으로 내려다보소서.
> 신들이 내게 내린 형벌을.

「사슬에 묶인 프로메테우스」의 이 장면에서 음악 소리가 들려온다. 프로메테우스의 호소에 자연이 응답한 것이다. 프로메테우스는 인간을 위해 많은 일을 했다. 불을 훔쳐서 인간에게 건네주었다는 행위의 단순함을 넘어 인간의 창의적인 정신을 상징한다. 기술과 과학과 발명을 통해 자연에 대적하는 인간. 그러니까 프로메테우스의 고투(苦鬪)는 곧 가공할 자연의 힘에 대항하는 인간의 투쟁이다. 보나르는 선언한다. "프로메테우스는 그런 의미에서 인간의 전형(典型)이다." 프로메테우스가 인간의 전형으로서 신들의 제왕 제우스와 맞서는 아이스퀼로스의 무대를 직시하면서, 관객은 당연히 인간인 프로메테우스에 감정이입할 수밖에 없다.

바위산에 묶여 독수리에게 간을 쪼아 먹히는 프로메테우스는 패배자다. 그러나 이 패배는 최종적인 것이 아닐뿐더러, 프로메테우스가 패배했을지언정 정복당하지는 않았다는 반증이 된다. 불경을 무릅쓰고 예수의 십자가 고행을 떠올린다면, 구세주의 수난과 죽음이 바로 구원과 참 생명의 시작이었다는 기독교의 복음은 프로메테우스 형벌의 변주일지 모른다. 다만 골고타 언덕에 우뚝 선 십자가는 선악과를 매달고 선 에덴동산의 그 나무이며, 거기 못 박힌 메시아는 전능한 아버지 앞에 스스로를 번제물로 희생한 흠 없는 어린 양이다. 어떤 경우이든 예수의 죽음은 죽음으로 직결되지 않으며, 예수는 죽음을 이긴 승리자로서 땅끝에서 땅끝까지 다스리는 참다운 왕이 된다.

보나르는 말한다.

"아이스퀼로스가 숭상하는 종교는 신의 섭리를 잠자코 따르는 종교가 아니다. 복종하는 종교가 아니다. 인간의 고통을 목도한 시인은 신의 불의에 맞서 일어선다. 그 동안 수많은 인간들이 겪어온 고난을 생각해

보면, 제우스가 인간을 몰살하려고 했다는 게 틀린 말이 아니다. 그때마다 영웅들은 반항했고, 저항했다. 아이스퀼로스는 프로메테우스에게도 같은 저항정신을 불어넣고 있는 것이다."

아이스퀼로스의 작품을 대하는 그리스의 관객이 프로메테우스를 응원하는 이유는 그가 인간을 좋아하기 때문이며, 제우스에게 맞서기 때문이다. 프로메테우스의 본질이 이러하기에, 제우스의 미움을 살 수밖에 없다. 프로메테우스가 미운데 그의 창조물인 인간인들 제우스의 눈에 곱게 보였겠는가. 제우스가 이번엔 고차방정식을 사용한다. 헤파이스토스에게 다시 명하되 인간에게 줄 선물을 만들어 오라고 했다. 한 가지 조건이 있었다. 보기에는 선물 같지만 인간에게 큰 고통을 줄 수 있어야 한다는 것이다.

제우스의 주문을 받고 작업실에 며칠 틀어박혔던 헤파이스토스가 회심의 역작을 공개했다. 아름다운 여인이었다. 그는 아내인 아프로디테의 모습을 본떠 진흙을 빚어냈다. 남편 몰래 군신(軍神) 아레스와 바람을 피워 하르모니아를 낳은 아프로디테를 베꼈다니 일단 꺼림칙하다. 아무튼 흥미롭지 않은가. 그리스 신화에서 인간=남성이다. 그런데 인간은 신들만 못한 티탄 족 이아페토스의 아들인 프로메테우스의 소생이다. 반면 뒤늦게 등장하는 여성은 어찌됐든 신의 창조물이다. 특히 생김새는 미의 여신을 본떴으니 아름답기로는 비길 데가 없다. 아직은 비교할 곳도 없지만.

제우스가 올림포스의 신들에게 명령한다. 헤파이스토스가 빚어낸 여인에게 선물이나 이러저러한 능력을 넣어 주라고. 우선 전령신이자 도둑의 신, 여행의 신이기도 한 '올림포스의 잡놈' 헤르메스가 나섰다. 그는 여자에게 염치없고 교활하며 아첨과 거짓말을 일삼는 성격을 주었다. 아프로디테는 끝없는 욕망과 상념, 허영심 같은 것을 심어 놓았다. 다만 지혜의 여신인 아테나는 바느질하는 법과 베 짜는 법 등 수공예를 가르치고 치장해 주었다. 카리테스 자매와 페이토는 황금 장신구로, 호라이 자매는 봄꽃 화환으로 꾸며 주었다. 그래서 신의 손으로 빚어낸 최초의 여성, 아름다운 그녀의 이름은 판도라가 되었다. 헤파이스토스가 지은 이 이름은 '모든 선물을 받은 여자'라는 뜻이다.

여자이야기

희망

지혜의 여신 아테나는 왜 판도라에게 손재주만 내리고 지혜는 선물하지 않았을까. 인간에게, 아니 여자에게 지혜란 불필요한 사양(仕樣)이었을까. 아무튼 준비는 끝났다. 판도라가 지상으로 내려갈 날이 다가왔다. 제우스는 판도라에게 상자를 하나 주면서 "절대로 열어 보지 말라."고 경고했다. 제우스가 판도라에게 건넨 상자에는 무엇이 들었는가. 신들이 생각해낼 수 있는 나쁜 것은 모조리 쓸어 담았다. 굶주림, 가난, 노화, 질병, 고통, 절망, 슬픔, 원한, 복수심, 잔인성, 분노, 증오, 질투….

우리가 알다시피, 신화에서건 동화에서건 우화에서건 "절대 하지 말라."는 경고는 곧 "반드시 하게 된다."는 예고와 같다. 그리고 우리는 결과가 어떻다는 사실을 알고 있다. 결과를 안다고 해서 태연할 수는 없다. 소포클레스 시대의 그리스 관객처럼 우리도 오이디푸스와 안티고네의 운명을 훤히 안다. 그럼에도 우리는 오이디푸스의 비극을 지켜보며 2500년 전 그리스 원형극장에 모인 고대의 관객들과 '공포와 연민'을 공유하는 것이다. 판도라의 이야기를 듣는 우리 모두는 프로메테우스의 시선으로 사건을 바라본다.

올림포스의 신들은 판도라의 짝으로 에피메테우스를 점찍었다. 프로메테우스는 모든 것을 내다보는 자이기에, 제우스의 보복이 자신에게서 그치지 않으리란 사실도 알았으리라. 그는 제우스가 내린 벌을 받으러 카우카소스 산으로 끌려가기 전에 동생에게 당부했다. 제우스가 주는 선물을 절대 받지 말라고. 당연한 일이지만, 에피메테우스는 형의 말을 듣지 않는다. 아프로디테를 본떠 신의 솜씨로 빚어낸 판도라의 미모는 눈부셨다. 팜므 파탈. 형의 당부고 뭐고 따질 겨를도 없이 냉큼 판도라를 아내로 맞이하였다.

처음에야 행복했겠지. 뜨겁고 황홀한 밤과 낮이 수없이 지나갔으리라. 그러나 이들에게도 정해진 수순처럼 권태기가 온다. 일상이 권태롭고 재미없어진 판도라는 문득 제우스가 준 상자를 생각해낸다. 제우스의 경고가 떠올랐지만 불길처럼 타오르는 호기심을 무슨 재주로 잠재운단 말인가. 기어이 상자는 열렸고 슬픔과 질병, 가난과 전쟁, 증오와 시기 등 온갖 악(惡)이 쏟아져 나왔다. 놀란 판도라가 황급히 뚜껑을 닫았다. 그래서 거기 희망이 남았다. 이 일로 인간은 이전에 몰랐던 고통을 영원히 짊어졌다. 그럼에도 희망만은 버릴 수 없게 되었다.

중국사람 구예는 『관능과 도발의 그리스로마신화』에서 또 다른 에피소드를 전한다. 판도라의 상자에 갇힌 희망은 판도라에게 손재주만 내리고 지혜는 선물하지 않은 아테나가 숨겨둔 것이라는 이야기다.

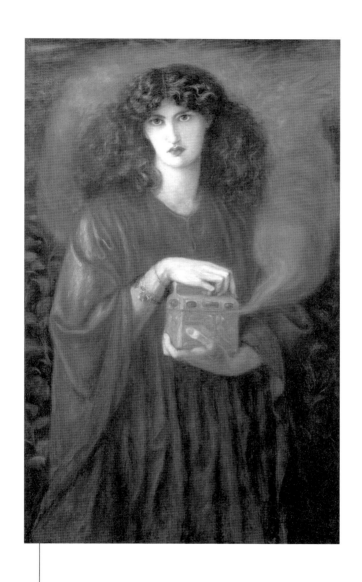

단테 가브리엘 로세티, 「판도라」

판도라를 잘 챙겨주지 못해 양심의 가책을 느꼈기 때문인지, 아니면 제우스가 하는 짓이 인간들의 수준을 지나치게 떨어뜨린다고 생각했는지, 아테나는 상자 가장 아래에 뭔가를 하나 숨겨 놓았습니다. 그것은 바로 희망이었답니다! 아테나는 사람들이 고난을 겪더라도 희망을 잃지 않기를 바란 것입니다. 하지만 판도라는 '탕!'하고 희망을 상자 안에 가둬 버렸죠. 참 고약한 전개 아닌가요? 솔직히 저는 그리스로마신화의 작가가 이 대목에서 왜 이런 플롯을 끼워 넣었는지 잘 모르겠습니다. 판도라가 얼마나 어리석은지를 다시 한 번 상기시키려 한 것일까요? 아니면 우리 인간들이 아무리 발버둥 친다 해도 절망을 피해갈 수 없음을 알려주려 한 것일까요? 이런 이야기는 말기 남성우월주의자가 아니라면 절대 생각해낼 수 없을 겁니다.

판도라의 신화는 다른 버전이 하나 더 있다. 에피메테우스의 집에 원래 재앙이 가득 담긴 항아리가 있었다는 것이다. 에피메테우스는 판도라에게 항아리를 열어보지 말라고 신신당부했다. 그러나 판도라는 기어이 항아리 뚜껑을 열어 버렸다. 판도라가 항아리 뚜껑을 여는 순간, 인간은 낙원에서 추방된 아담과 이브의 처지가 되었다. 죽도록 노동을 해야 했고, 생로병사의 굴레에서 벗어나지 못했다. 하지만 이미 열린 항아리 뚜껑은 아무도 되돌릴 수가 없다. 제우스는 이 광경을 보면서 회심의 미소를 지었을 것이다.

인간을 벌하기 위해 신이 여성을 창조했으며 여성이야말로 악과 고통의 근원이라는 신화는 여성 비하 이데올로기를 반영한다.(윤일권·김원익) 성경 속 아담과 이브의 경우처럼, 여자의 얄팍한 호기심이 결국 인간(즉 남성)을 낙원에서 쫓아내고 말았다는 이야기다. 고대 그리스의 시인 헤시오도스는 이런 생각을 선명하게 드러낸다. 헤시오도스는 기원전 700년 무렵 보이오티아에 살면서 신들의 계보를 정리한 『신통기(神統記)』와 교훈시 「노동과 나날」을 남겼다. 헤시오도스는 『신통기』에서 여자들을 수벌에 비유한다. 일벌들이 뼈 빠지게 일해서 모은 양식을 벌집에 편안히 앉아 배 안에 쑤셔 넣기만 한다는 것이다.[7] 「노동과 나날」에는 판도라의 이야기가 나온다.

> 그때까지 지상에 사는 인간의 종족들은
> 아무런 번민도 없었고, 괴로운 노동도 없었으며
> 인간에게 죽음을 가져다주는 질병도 모르고 살았다.
> 그런데 여자는 그 손으로 커다란 항아리 뚜껑을 열어
> 항아리의 내용물을 마구 흩어놓아
> 인간에게 여러 가지 고난을 초래하게 되었다.
> 그곳에는 한 사람 엘피스(희망)만이
> 항아리 가장 밑바닥에 남아 있었다.
> 구름을 모으는 힘과 아이기스(방패)를 가진
> 제우스의 계략으로
> 여자는 그것이 밖으로 나오기 전에

쥘 외젠 르네프뵈, 「판도라」

여자이야기

항아리의 뚜껑을 닫았기 때문이다.
그러나 엄청난 다른 재앙들이
인간세계에 횡행하게 되었다.

윤일권과 김원익이 함께 쓴 『그리스 로마 신화와 서양 문화』에서, 에덴동산의 '금지된 선악과'는 프로메테우스의 '금지된 불'과 같다. 선악과는 인식의 열매요 자각의 열매다. 동물처럼 본능에만 의존하던 인간을 생각하는 존재로 변화시킨다. 불을 훔친 대가로 판도라의 상자에서 죄악이 쏟아져 나왔듯 선악과를 훔친 인간은 낙원에서 추방되어 죄악의 늪에 빠지게 된다. 결국 인식과 자각의 힘은 인간에게 문명화와 낙원 추방이라는 상반된 길을 동시에 열어주었다는 것이다.

이 같은 해석과는 별개로, 여자는 어찌하여 이토록 사악하며 저주받은 운명의 징표가 되어 버렸는가. 판도라에게 무슨 죄가 있어 인류 추방의 악역을 온전히 짊어지게 되었는가. 그녀는 이브와 더불어 인간의 무의식에 갇혀 있다. 희망이 상자 속에 갇혀 있듯이. 우리는 말한다. 아무리 고통스러울지라도 희망이 있기에 삶을 버리지 않고 살아낸다고. 그러나 희망은 언제나 유예되는 현실일 뿐이다. 희망은 영원히 희망으로만 남는다. 희망을 가둔 상자는 지금도 굳게 닫혔고, 우리의 의식 속에 잠재했다. 상자를 여는 일은 각자의 몫이다.

이제 나의 이야기는 막바지를 향한다. 그 동안 나는 주로 신화 속의 여성들을 이야기했다. '그들은 어쩌다 그렇게 되었는가?'라는 물음은

'우리는 어쩌다 이렇게 되었는가?'라는 물음으로 이어진다. 나는 '어쩌다'와 '왜'를 물으면서 인식의 지평선을 향해 여러분과 함께 출발했다. 대한민국은 가끔 여혐(女嫌)의 늪지처럼 가스를 뿜어낸다. 이 진창은 아직 세상이 만들어지기 전의 심연과 같다. 아이러니! 그럼에도 나는 거기서 마라의 살덩이를 깊이까지 가르고 들어간 칼끝, 남성의 육체에 각인된 여성의 성기, 세상의 근원을 본다. 거기서 빠져나와 현실을 이야기하려면 다른 대지에 발을 디뎌야 한다.

그래도 아직 해야 할 이야기가 남았다. 판도라가 남겨 놓은 희망과 같이.

앙드레 보나르는 『그리스인 이야기』 1권의 말미에 「노예와 여자」라는 장(章)을 배치했다. "그리스 사람들은 민주주의를 발명했다."는 문장으로 시작한다. 그리스 민주주의에 두 가지 한계가 있었는데 하나는 노예 제도, 다른 하나는 여성의 열악한 지위였다는 것이다. 아테네 인구는 40만, 이 중 시민은 13만 명, 거류민 7만 명, 노예 20만 명이니 도시거주민 가운데 절반이 노예였다. 보나르는 이 노예제도가 그리스 민주주의의 한계라고 보았다. 그는 노예제도를 암덩어리에 비유하면서, "인간에 의한 인간의 착취 유형 가운데 가장 원초적이고 가장 지독한 것"이라고 썼다.

"노예 바로 옆에 서서 노예만큼이나 대접받지 못한 존재"가 있었다. 여자. "아테네 사회는 본질적으로 남성 사회였다. 여성에게는 가혹했다. 노예를 차별하고 왜곡했듯이 여성에게도 똑같은 짓을 했다." 처음부터 그러지는 않았다. 그리스 민족이 펠로폰네소스 반도의 주인이 되기 전까지 여성의 지위는 상당히 높았다. 수렵의 시대는 여성 중심의 사회였다.

일부일처제가 아니었고 여성이 남성을 선택하면서, 남성 여러 명과 한시적이고 연속적인 관계를 가지는 구조였다. 여성은 오랫동안 어린 남성의 양육자이자 교사였다. 가정의 관리자요, 가족의 생존을 보장하는 노하우를 독점한 존재였다.

보나르는 그리스 반도 정착 이전, 그러니까 발칸 반도를 차지하고 소아시아 부근에 정주했을 때 그리스 민족이 섬긴 두 여신 대모신과 데메테르를 통해 그 시대 그리스 사회의 여성성을 감지한다. 그러나 아테네 민주주의 사회에서는 이야기가 확 달라진다. 여성은 내실에 갇혔다. 모계사회에서 차지했던 위상은 흔적 없이 사라졌다. 일부일처제는 여성에게 불리한 제도였다. 이 제도 아래서는 남자가 주인이었다. 남자는 "자기 씨를 얻기 위한 목적"으로 결혼한다. 사랑 따위는 없다. 남성은 여성을 내쫓고 자식만 거둘 권리가 있다. 데모스테네스는 이렇게 연설했다.

"남자들은 애인과 쾌락을 즐기고, 첩에게서 평안을 찾고, 부인에게서 자식을 얻는다."

보나르는 묻는다. "어떻게 해서 여성의 지위가 이처럼 낮아졌는가."라고. (어쩌다) "아무 존재감 없는 아내가 되고, 첩이 되고, 노리개로 전락하게 된 것일까?" 그는 '한 가지 분명한 사실'이라면서 "언젠가 여성들이 한 번 크게 진 적이 있었다."고 주장한다. 그래서 모계사회의 지도자라는 지위를 잃고 그리스 고전시대의 가장 비천한 인간으로 전락했다는 것이다. 그렇다면 그 시기는 언제인가? 보나르는 "금속을 발명하고 전쟁을 하게 된 시점부터 여성이 지기 시작했다."고 추측한다.

에게문명의 붕괴와 더불어 여성들이 지위를 잃고 일부일처제가 시작된 이유는 무엇인가. 보나르는 "남자들이 전쟁을 통해 획득한 재물을 제 자식에게 물려주고 싶었기 때문"이라고 단정한다. 여기서 자식은 당연히 "자기 피를 가진 자식"이다. 그래서 자기 씨만 받는 여자가 필요했다. 다른 여자는 쾌락의 대상에 불과했다. 달라진 세상에서는 여성에 대해 말조차 꺼내지 않는 것이 관습이었다. 페리클레스는 "여성에 대해서는 침묵할 것. 좋은 얘기건 나쁜 얘기건 꺼내지 말 것."이라고 했다. 그것이 그리스의 법칙이었다. 노예가 그렇듯 여자도 고대 사회의 암덩어리가 된다. 정상적인 시민사회에서 축출된 여성은 새로운 사회를 갈구하게 된다. 남녀가 평등하고 인간이 인간다운 사회. 여자들 가운데 기독교도가 많아진 이유도 여기에 있다.

역사가 말해 주듯 노예와 여성의 해방이라는 기독교의 약속은 금세 이루어지지 않았다. 여성들은 기독교를 오해했을까. 예수가 선포한 복음을 세상 끝까지 전한 사도 바울은 '남편은 모든 여자의 머리'라고 했다. 그의 여성관은 이중적이다. 그리스도인임을 의식하고 말할 때는 남녀평등 사상을 피력하지만, 헬라 유다인 기질이 발동해서 말할 때는 남존여비 사상을 드러낸다.(정양모) 그의 서간을 보면, 그의 지성이 어디까지나 남녀평등을 지향하고 있음을 짐작하게 하는 대목이 곳곳에서 발견된다. 예를 들어 갈라티아서 3-4장에서는 세례로 그리스도와 하나가 된 그리스도인들 사이에서는 인종·신분·남녀의 차별이란 있을 수 없다는 유명한 선언을 한다.

"여러분은 모두 그리스도 예수 안에서 신앙으로 말미암아 하느님의 아들들입니다. 그것은 그리스도와 하나가 되는 세례를 받은 여러분은 누구나 그리스도를 (옷처럼) 입었기 때문입니다. 이제 유다인도 없고 헬라인도 없으며, 노예도 없고 자유인도 없으며, 남성도 없고 여성도 없습니다. 여러분은 모두 그리스도 예수 안에서 하나이기 때문입니다."

사도 바울은 심지어 남존여비 사상을 피력한 코린토 1서의 11장에서조차 여성들이 교회 모임에서 기도하고 예언하는 것을 당연시하였고, 남녀는 평등하다고 말했다.

"주님 안에서는 남자 없이 여자가 있을 수 없고 여자 없이 남자가 있을 수 없습니다. 여자가 남자에게서 생겨난 것과 같이 남자도 여자를 통하여 생겨나기 때문입니다. 그러나 모든 것은 하느님으로부터 생겨납니다."

그런데, 그는 남녀평등을 주장하는 서간에서조차 뜨거운 가슴으로 남존여비를 부르짖는다. "여교우들은 교회 모임 때 머리를 가리라."는 대목을 살펴보자. 당시의 이스라엘 여자들은 외출할 때 너울로 머리를 가렸다. 머리를 가리지 않고 외출하면 이혼을 당할 수도 있었다. 이 관습은 유다계 그리스도교, 이방계 그리스도교를 가릴 것 없었다. 그런데 코린토 교회에는 머리를 가리지 않고 교회 모임에서 기도하는 여자들이 있었다. 사도 바울은 이들을 못마땅하게 여겼다. 그가 여러 가지 말로 성경을 인용해 어떻게든 자신의 뜻을 관철하려 드는 모습을 코린토1서 11장에서 볼 수 있다.

"남자의 머리는 그리스도요, 여자의 머리는 남자이며, 그리스
도의 머리는 하느님이십니다."

"여자가 머리를 가리지 않으려거든 아예 머리를 자르시오."

"남자는 하느님의 모습이요 영광입니다. 그러나 여자는 남자
의 영광입니다."

"남자가 여자에게서 생겨난 것이 아니라, 여자가 남자에게서
생겨났습니다."

"남자가 여자 때문에 창조된 것이 아니라, 여자가 남자 때문에
생겨났습니다."

"여자는 머리 위에 (남편의) 권위를 받들고 지내야 합니다. 천사
들이 유혹할지도 모르기 때문입니다."

사도 바울은 심지어 "여자들은 교회에서 입을 닥치고 있어라."는 말
과 다름없는 요구를 한다.

"성도들의 모든 교회에서 다 그렇듯이 여자들은 교회에서 잠자코 있
어야 합니다. 그들에게는 발언이 허락되지 않기 때문입니다. 율법도 말
하는 바와 같이 그들은 오히려 순종해야 할 것입니다. 그들이 무엇인가
배우고 싶은 것이 있으면 집에서 제 남편에게 물어야 합니다. 여자가 교
회에서 발언하는 것은 부끄러운 일이기 때문입니다."

이런 식이면 기독교에도 여성해방 같은 것은 없다. 여성들은 기독교
의 이상을 꿈꾸었는지 모르지만 현대의 기독교 사회 역시 여성 차별이

라는 암덩어리를 완전히 떼어내지 못하고 있다. 여성 차별은 아주 구체적인 형태로 우리 사회 곳곳에 강고한 뿌리를 내리고 있다. 삶의 모든 국면에서 여성들은 억압을 체감한다. '유리천장'이라는 말이 괜히 나왔겠는가. 백마를 타고 나타나 사악한 용을 죽이고 여성을 구원하는 금발의 왕자 따위는 없다. 백마 탄 백인 왕자는 제국주의의 표상이며 남성절대주의의 우상에 불과하다. 결국 여성이 보나르가 말한 '거대한 패배'를 딛고 일어서는 길은 세상 어디에도 없다.

마지막으로 찾아보아야 할 곳이 있다면 여성 자신들의 내면이 아닐까. 나는 이 순간 석가모니 최후의 설법을 떠올릴 수밖에 없다. '자등명 법등명(自燈明 法燈明)'. 자기 자신을 등불로 삼고 스스로 깨달음을 얻어 진리 안에서 살라는 뜻이다. 이곳에서 금발의 왕자 같은 이콘은 필요 없다. 금속의 시대는 저물었다. 이제는 신소재와 아이디어의 시대. 남성을 상대로 한 번 더 큰 전쟁을 해야 할지도 모른다. 아마겟돈 같은. 틀림없이 길고 긴 싸움이며 피를 많이 흘려야 한다.[8] 그러나 결국에는 이길 것이다. 타협을 모르는 자기애, 투철한 이기심, 여성이 세상의 주인이었을 때 유전자에 각인되었을 긍지를 되살릴 수 있다면.

다시 보나르를 읽는다. 그는 적기를 "여자의 해방이라는 약속은 금세 이루어지지 않았다. 지금도 마찬가지다. 그 약속을 이루기 위해서는 또 얼마나 많은 기독교의 혁명이 필요할지 가늠조차 할 수 없다. 언제쯤 '심연으로 떨어진 여성의 해방이 도래'할 것인가?" 라고 했다. 또한 아테네의 민주주의를 말하면서, "그리스가 민주주의를 발명했다고 한다면, 그 발명품이란 어린아이의 입안에 난 이와 같다. 반드시 죽고 다시 태어나야 할 민주주의였다. 곧이어 그리스는 죽고 새로운 민주주의가 다시 태어날 것이다.”라고 썼다. 여성 인권, 여성 해방의 길 또한 이와 같을 것이다.

1   아르고나우티카는 매우 복잡한 이야기를 담고 있다. 황금양피가 지니는 상징성, 그리
스 신화 속의 내로라하는 영웅들이 대거 등장해 '그리스 히어로 올스타'라고나 할 만
한 다양한 인물 구성, 지금도 미스터리로 남아 해석과 재구성에 어려움을 초래하는
항로 등등으로 해서 "그리스 본토와 소아시아의 신흥 폴리스가 지중해 동부(그 당시
에는 문명세계의 전부였을)의 패권(또는 이권)을 놓고 건곤일척의 전쟁을 치렀다." 정도로
해석되는 트로이 전쟁 신화와는 비교할 수 없을 만큼 다양한 스토리군(群)을 형성하
고 있다. 아르고나우티카에 등장하는 영웅 50명은 모두 그리스에서 잘나가는 스타들
이다. '그리스 히어로 올스타'는 이아손 자신은 물론이고 대영웅인 헤라클레스와 테
세우스, 아폴론의 아들로 음악의 명인인 오르페우스, 역시 아폴론의 아들이며 의술의
명인인 아스클레피오스, 여전사인 아탈란타, 아레스의 두 아들인 아스칼라포스와 이
알메노스, 트로이 전쟁의 영웅인 네스토르, 바람의 신의 아들인 제테스와 칼라이스,
제우스의 아들들인 카스토르와 폴리데우케스 등을 망라한다. 이 영웅들의 명단이 '그
리스 전역'을 커버한 것까지는 좋은데, '시간을 초월한 올타임 베스트 50' 같은 느낌
을 준다. 예컨대 테세우스가 아테네에 갔을 때 아버지 아이게우스는 이미 메데이아와
결혼한 몸이다. 이 메데이아가 문제다. 메데이아는 바로 이아손이 황금양피를 가지러

원정 간 콜키스의 공주가 아닌가. 열여섯 살이 된 테세우스가 아버지를 찾아갔을 때 메데이아가 계모로 앉아 있다? 메데이아가 아테네에 들어갔을 때는 이미 오래전에 이아손이 콜키스 원정을 끝낸 후다. 그러나 이때까지 테세우스는 헤라클레스의 모험담을 듣고 야망에 불타는 '꿈나무'였을 뿐 그리스 국가대표 팀인 콜키스 원정대에 포함될 만한 명성은 얻지 못했고 나이도 너무 어리다. 메데이아가 콜키스를 떠나 이아손을 따라서 그리스에 도착할 무렵 테세우스는 아직 어린아이였거나 태어나지도 않았을지 모른다. 신화의 세계는 모든 것이 뒤죽박죽이고 무수한 모순이 공생하는 곳이다. 비밀스런 암호가 인간의 상상력 속에서 무한정 확대되면서 비로소 의미를 지니고 풍요로운 기쁨과 교훈을, 역사의 비밀조차도 환히 드러내게 되기는 하지만. 우리 무의식의 원래 모습 속에서 신화를 읽어야 한다는 말도 있다. 마치 '숨은 그림 찾기'처럼, 신화의 세계에는 조금만 주의해서 보면 의문에 의문이 꼬리를 물게 만드는 수상쩍은 장면이 헤아릴 수 없이 많다. 이 의문이 조금도 우리의 호기심과 열광을 빼앗아 가지 못하는 것은 신기한 일이다. 우리는 혐오하기보다는 매혹되어 더 깊이 빠져들게 된다. 인간의 악마적 속성 때문일까?

2 아킬레우스는 여자라고 해도 믿을 만큼 외모가 아름다웠다고 한다. 이타카의 왕 오디세우스는 트로이 전쟁이 벌어지기 전에 예언자 칼카스로부터 "아킬레우스가 참전하지 않으면 결코 트로이를 함락시킬 수 없다."는 말을 듣는다. 그는 이 말을 믿고 아킬레우스를 찾아다닌다. 당시 아킬레우스는 여장(女裝)을 하고 스키로스 섬의 왕 리코메데스의 궁전에 숨어 있었다. 아들이 트로이 전쟁에 참전했다가 목숨을 잃게 될 것을 앞질러 본 어머니 테티스가 아무도 모르게 스키로스에 보내 공주들과 어울려 지내게 한 것이다. 오디세우스는 놀라운 재치로 아킬레우스를 찾아낸다. 상인으로 변장하여 리코메데스 왕에게 귀중한 선물을 바치고 궁전에 들어가 공주들 앞에 화려한 장신구와 옷가지를 펼쳐 보인다. 그리고 한편에는 날카로운 칼을 비롯한 병장기를 진열했다. 이때 한 공주가 자신도 모르게 칼에 손을 댄다. 아킬레우스가 전사의 본능을 어쩌지 못하고 무기에 손을 대고 만 것이다. 오디세우스는 그가 아킬레우스임을 직감하고 집요하게 설득한 끝에 트로이 원정대에 참가시키는 데 성공한다.

여자이야기

3 레너드 쉴레인은 『알파벳과 여신: 여성혐오는 어떻게 세상을 지배했는가?』(콘체르토)에서 「일리아스」 곧 트로이 전쟁의 시작과 끝 장면에 '여성의 희생'이라는 의식이 배치되어 있음을 날카롭게 뚫어 본다. 즉 「일리아스」는 "그리스의 함대가 트로이로 항해할 수 있도록 바람을 불러오기 위해 아가멤논이 자신의 딸 이피게네이아를 제물로 바치는 장면으로 시작하고, 트로이 왕 프리아모스가 자신의 딸 폴릭세나를 제물로 바치는 장면으로 끝난다."는 것이다. 쉴레인이 보기에 「일리아스」는 여성적 가치를 폄훼하고 남성적 가치를 찬양하기 위해 쓰인 작품이다. 「일리아스」의 시작(이피게네이아의 희생)과 끝(폴릭세네의 죽음)이 상징적으로 보여주고 있다. 쉴레인은 트로이 목마 역시 성적인 메시지로 읽는다. 그는 "자신의 '문'을 열어 목마를 성 안으로 들이는 트로이는 여자, 은혜로운 선물인 줄 알았던 그리스의 거대하고 딱딱한 목마는 트로이를 파괴하는 '강간범'이다. 전쟁에서 포로로 사로잡은 아름다운 여인을 누가 차지할 것인가를 두고 싸우는 것부터 시작하여 「일리아스」는 여자와 그들의 생식기를 지배하고자 하는 남자의 욕망에 관한 한편의 서사시"라고 주장한다.

4 아리스토텔레스는 『시학』의 제6장에서 "비극은 그 각 부분에 상이하게 사용된 감미로운 언어에 의한, 진지하고 완결된 그리고 적당한 크기를 가진 행동의 모방으로서, 서술적 형식이 아닌 극적 형식에 의하며, 연민과 두려움을 통하여 그러한 감정들의 카타르시스를 행한다."고 정의했다. 서승원은 「아리스토텔레스의 비극관」에서 "아리스토텔레스에 의하면 비극에는 여섯 가지 요소가 있는데 중요성의 순서대로 나열하면 플롯, 성격, 사상, 언어, 음악 그리고 연출이다."라고 했다. 김성빈은 「아리스토텔레스 시학 연구」에서 "아리스토텔레스의 논문인 『시학』을 들여다보면 크게 다음과 같은 특성을 지닌다. 곧 연극의 경험적인 측면(무대에 참여하는)보다 이면과정의 측면(무대에 참여하지 않는)을 그리고 있다."고 설명했다. 또한 그는 아리스토텔레스가 『시학』 제1~제23장에 걸쳐서 '비극의 본질'을 반복하고 있다고 소개한다. 그 내용은 다음과 같다. ①제7장 : 비극의 본질적 요소는 플롯(Plot)의 구성, 길이이다. ②제8장 : 비극의 본질적인 요소는 플롯의 통일이다. ③제9장 : 비극은 완결된 행동의 모방일 뿐 아니라 연민, 공포의 감정을 불러일으키는 사건의 모방이다. ④제10장 : 비극의 본질적인 요

소인 플롯은 반전, 발견에 의해 단순, 복잡 행동으로 나눈다. ⑤제11장 : 제10장에 대한 반전, 발견의 정의. ⑥제13장 : 비극의 조건은 단순하지 않고 복잡해야 하며 연민, 공포의 감정을 일으키는 행동을 모방해야 한다. ⑦제14장 : 비극의 본질적인 요소인 연민, 공포는 사건구성 그 자체에 의해서 환기된다. ⑧제15장 : 비극의 본질적인 요소인 주인공 성격의 조건. ⑨제16장 : 비극의 본질적인 요소인 발견의 종류. ⑩제18장 : 비극은 분규(맺음)의 부분과 해결(풀음)의 부분으로 양분 된다. ⑪제19장 : 비극의 본질적인 요소인 등장인물의 사상. ⑫제21, 22장 : 비극의 본질에 참여하는 언어의 구성요소 등에서 '비극의 본질'을 반복 소개한다.

5 헬레네의 처지는 어떤가. 헬레네가 트로이로 넘어간 지 15년 이상이 지나 전쟁이 터지고 전쟁이 10년간 계속되었으니까 최소한 25년 이상은 기본으로 잡아야 할 것이다. 트로이로 넘어갈 때 헬레네의 나이가 15~16세였다고 해도 트로이 전쟁이 끝나 다시 그리스로 송환될 때쯤엔 마흔은 훌쩍 넘겼을 것이다. 어쩌면 쉰 살이 훌쩍 넘었을지도 모른다. 당시의 인간 수명을 감안하면 호호 할머니에 가깝다. 트로이 전쟁이 막바지로 치달을 무렵 마법의 거울에게 "거울아 거울아, 이 세상에서 누가 제일 예쁘니?" 하고 묻는다면 결코 "헬레네요."라고 대답하지 않았을 것이다. 전쟁의 뇌관은 '그리스에서 가장 아름다운 여인'이었을지 모르지만 종전 무렵에는 그 아름다운 여인이 없다. 무릇 전쟁이란 그런 것인가. 숭고한 명분을 내세워 시작한 전쟁도 마지막에 이르러서는 추악함으로 가득 찬 피의 수렁이 되고 만다. 성전(聖戰)으로 시작된 십자군 전쟁을 보라. 어떤 경우든 정당한 전쟁이란 있을 수 없다. 전쟁이 한 번 일어나면 승리조차도 저주일 뿐이다. 그리스에 승리를 가져온 '트로이의 목마'는 간교한 계책의 대명사가 되었다. 이 계책을 짜낸 오디세우스는 신의 저주를 받아 10년 동안이나 지중해 세계를 유랑해야 했다.

6 도서출판 책과함께는 『그리스인 이야기』가 로마사 분야의 고전인 에드워드 기번의 『로마제국흥망사』에 견줄 만하다고 평가했다. 보나르는 이 책에서 그리스 문명을 "바로 우리의 문명"이자 "과학과 예술로 무장한 인간"을 만들어낸 "휴머니즘이요 인간

됨”으로 인식하지만 그 원동력에 대해서는 냉소적인 태도를 보인다. “필요하니까 발명을 했고, 우연히 기후가 좋아 생산량이 늘어났고, 그래서 문명을 이룬 것일 뿐이다.”라는 것이다. 유목민으로 출발한 그리스 민족이 지중해와 에게해로 진출한 것도 “늘어나는 인구를 먹이기 위해 밀과 보리를 흑해 북쪽에 가서 얻어오려면 바다를 건너는 것 외에 다른 방법이 없었기” 때문이라고 설명한다. 그가 보기에 트로이 전쟁은 해상 무역권을 둘러싼 “강도들 간의 세력 다툼”이며 「일리아스」는 “구질구질한 전쟁의 기록”에 불과하다. (김태식)

7 꿀벌의 생애를 안다면 참으로 잔인한 비유가 아닐 수 없다. 한나 노드하우스는 『꿀벌을 지키는 사람』에서 “꿀은 꽃꿀을 증류한 것으로, 엄청난 수의 벌들이 모은 것이다. 꿀 1파운드를 만들려면 여름의 절정에 벌통 하나에 모여 사는 5만 마리에서 8만 마리의 벌들이 총 5만5천 마일을 여행하고 200만 송이 이상의 꽃을 방문해야 한다. (중략) 일벌 한 마리는 매번 여행 시마다 50~100 송이의 꽃을 방문하며 일반적인 꿀벌 한 마리는 일생 동안 12분의 1티스푼만큼의 꿀을 생산한다. 매번 비행 시마다 자기 몸무게의 반에 해당하는 꽃꿀과 꽃가루를 들고 집으로 돌아와 수차례 삼켰다 뱉어내는 독특한 소화 기제를 이용해 자연의 꽃꿀을 벌꿀로 탈바꿈시킨다.”고 적었다. 벌꿀 1g을 얻으려면 일벌이 8천 송이의 꽃을 찾아다녀야 하며 1kg을 모으기 위해서는 지구 한 바퀴에 해당하는 4만㎞를 날아야 한다. 이토록 고통스런 노동의 산물을 편안히 앉아 삼킨다면 그야말로 악독한 착취행위다.

8 마라톤은 인간이 살아서 경험할 수 있는 가장 지난한 싸움을 표상한다. 여성이 이 운동을 할 수 있게 되기 전까지, 적어도 스포츠와 체육의 영역에서 여성은 인간이 아니었다. 독자들은 뜻밖이라고 생각할지 모르지만, 여성이 마라톤 경기에 출전한 지는 얼마 되지 않았다. 예를 들어 1897년 시작된 보스턴 마라톤은 1960년대까지 여성의 참가를 금지했다. 대부분의 마라톤 대회가 보스턴 마라톤과 비슷했다. “여성의 몸으로 42.195㎞를 뛰기에는 부적합하다.”는 이유에서였다. 1967년 캐서린 스위처는 성별을 숨기기 위해 ‘K.V.스위처’로 출전 신청서를 낸 뒤 가슴에 261번을 달고 대회에 참가했

다. 그가 5㎞ 즈음 달렸을 때 스위처가 여성임을 눈치 챈 대회 조직위 관계자는 거칠게 그를 대회장 밖으로 끌어내리려고 했다. 이 모습은 카메라에 고스란히 담겨 보스턴 헤럴드에 실렸고 이후 엄청난 반향을 일으켰다. 스위처는 피투성이 발로 완주를 했다. 1972년부터 보스턴 마라톤은 여성 참가를 공식 허용했다. 뉴욕 마라톤이 여성에게 대회를 개방한 다음해였다. 여자 마라톤은 1984년 LA올림픽에서 정식정목으로 처음 채택됐다. 스위처의 보스턴 마라톤 참가는 여성 해방이라는 역사적 맥락에서 볼 때 매우 상징적이다. 스위처는 LA타임스와의 인터뷰에서 "여성은 결코 남성보다 지구력과 체력에서 열등하지 않다."고 주장했다. 이 주장은 여성의 인간 선언으로 읽힌다.

함께 읽어보면 좋을 책과 글

강충권, 「사르트르의 '트로이의 여인들'에서 나타나는 탈신화적 특징」, 『불어불문학연구』
　　64, 2005.

김용민, 「메데아 신화의 변형—에우리피데스와 크리스타 볼프 메데아의 공통점과 차이
　　점」, 『브레히트와 현대연극』 26, 2012.

레나드 쉴레인, 윤영삼·조윤정 역, 『알파벳과 여신』, 콘체르토, 2018.

명인서, 「스즈키 타다시와 희랍 비극의 수용양상」, 『한국연극학』 21, 2003.

문혜경, 「고전기 아테네 비극에 나타난 여주인공들」, 『인문학연구』 5, 1999.

박신영, 「아킬레우스 말고 '브리세이스의 분노'는 아십니까」, 한국일보, 2021.

박진숙, 「『페넬로피아드』에 나타난 죽음과 소생」, 『현대영어영문학』 64(4), 2020.

반정환·박창우, 「모래놀이에서 동굴상징」, 『한국놀이치료학회지』 20(3), 2017.

세라 블래퍼 허디, 황희선 역, 『어머니의 탄생 : 모성 여성 그리고 가족의 기원과 진화』, 동
　　녘, 2014.

소포클레스, 천병희 역, 『소포클레스 비극 전집』, 숲, 2008.

아이스퀼로스, 김종환 역, 『아이스킬로스 비극 전집』, 지만지드라마, 2019.

앙드레 보나르, 양영란 역, 『그리스인 이야기』, 책과함께, 2011.

에우리피데스, 천병희 역, 『에우리피데스 비극 전집』, 숲, 2009.

엘리자베스 바댕테르, 심성은 역, 『만들어진 모성』, 동녘, 2014.

오비디우스, 이종인 역, 『변신 이야기』, 열린책들, 2018.

오은하, 「사르트르와 카산드라 : 『트로이아 여인들』」, 『불어불문학연구』 111, 2017.

우승정, 「안티고네에 나타난 아곤의 의미」, 『영어영문학연구』 43⑶, 2017.

이영화, 「서양 악의 상징물에 나타난 조형성 연구」, 『한국융합학회논문지』 9⑷, 2018.

이윤기, 『그리스 로마 신화』, 웅진지식하우스, 2020.

장지원, 「오이디푸스왕의 교육적 해석」, 『교육철학연구』, 36⑵, 2014.

정양모, 「여성에 대한 사도 바오로의 '갈팡질팡' 시각」, 가톨릭뉴스, 2012.

정일권, 「오이디푸스와 안티고네는 성혁명의 상징인가?」, 『기독학문학회』 37, 2020.

조성희, 「트라우마와 치유의 관점에서 본 크리스타 볼프의 『메데이아: 목소리들』」, 독어 독문학』 59⑴, 2018.

주디스 버틀러, 조현순 역, 『안티고네의 주장』, 동문선, 2005.

최영진, 「아테네 비극과 민주주의: 『안티고네』를 중심으로」, 『유라시아연구』 7⑷, 2010.

크리스타 볼프, 김재영 역, 『메데이아, 또는 악녀를 위한 변명』, 황금가지, 2005.

플루타르코스, 신복룡 역, 『영웅전』, 을유문화사, 2021.

하수정, 「엥겔스의 가족, 사유재산, 국가의 기원분석」, 현대사상 12, 2013.

헤로도토스, 박현태 역, 『역사』, 동서문화사, 2016.

호메로스, 김원익 역, 『오디세이아』, 서해문집, 2007.

호메로스, 천병희 역, 『일리아스』, 숲, 2015.

홍은숙, 「에우리피데스의 『트로이의 여인들』에 나타난 미학과 정치학」, 『영미어문학』 100, 2011.

허진석

시인. 한국체육대학교 교수. 서울에서 태어나 동국대학교 국어국문학과를 졸업하고 동국대학교 대학원에서 이학박사 학위를 취득했다. 주요 저서로『농구 코트의 젊은 영웅들』(1994),『타이프라이터의 죽음으로부터 불법적인 섹스까지』(1994),『농구 코트의 젊은 영웅들 2』(1996),『길거리 농구 핸드북』(1997),『X-레이 필름 속의 어둠』(2001),『스포츠 공화국의 탄생』(2010),『스포츠 보도의 이론과 실제』(2011),『그렇다, 우리는 호모 루덴스다』(2012),『미디어를 요리하라』(2012ㆍ공저),『아메리칸 바스켓볼』(2013),『우리 아버지 시대의 마이클 조던, 득점기계 신동파』(2014),『놀이인간』(2015ㆍ★2016 세종도서 교양부문 선정도서),『휴먼 피치』(2016),『맘보 김인건』(2017),『기자의 독서』(2018),『옆구리에 대한 궁금증』(2018),『한국 태권도연구사의 검토』(2019ㆍ공저ㆍ★2020 대한민국학술원 우수학술도서),『기자의 산책』(2019),『아픈 곳이 모두 기억난다』(2019ㆍ★2020 동국문학상),『금요일의 역사』(2020),『바스켓볼 다이어리』(2021) 등이 있다.

여자이야기

초판1쇄 인쇄 2022년 7월 15일
초판1쇄 발행 2022년 7월 29일

지은이   허진석
펴낸이   최종숙
편집   이태곤 권분옥 문선희 임애정 강윤경
디자인   안혜진 최선주 이경진
마케팅   박태훈 안현진

펴낸곳   글누림출판사
출판등록 제303-2005-000038호(2005.10.5.)
주소   서울시 서초구 동광로 46길 6-6 문창빌딩 2층 (우06589)
전화   02-3409-2055(대표), 2058(영업), 2060(편집)
팩스   02-3409-2059
홈페이지   www.geulnurim.co.kr
이메일   nurim3888@hanmail.net

ISBN 978-89-6327-660-1 03810